Morgane Ortin

Du wirst mein Herz verwüsten

Blumenbar

Morgane Ortin

DU WIRST MEIN HERZ VERWÜSTEN

Roman

Aus dem Französischen
von Annabelle Hirsch

Blumenbar

Die Originalausgabe ist unter dem Titel
Amours solitaires
2018 bei Éditions Albin Michel in Paris erschienen.

MIX
Papier aus verantwortungsvollen Quellen
FSC® C083411

ISBN 978-3-351-05077-1

Blumenbar ist eine Marke der Aufbau Verlag GmbH & Co. KG

1. Auflage 2020

Einbandgestaltung zero-media.net, München
Grafiken im Innenteil © Adobe Stock
Satz Greiner & Reichel, Köln
Druck und Binden CPI books GmbH, Leck, Germany
Printed in Germany

www.aufbau-verlag.de
www.blumenbar.de

Vorwort

•••

Ich bin verliebt in die Liebe. Ich liebe es zu lieben, es zu sagen, zu schreiben, zu lesen und wieder zu lesen. Ich liebe die Worte der Liebe, die man sich ins Ohr flüstert, die man nachts schreit, die man am Morgen auf einer Tischkante zurücklässt, die in einem unerwarteten Moment auf dem Telefon aufleuchten. Diese Worte möchte ich nicht verlieren. Ich will sie aus dem Augenblick, in dem sie gesagt oder gelesen wurden, herausreißen und ihren Glanz bewahren.

Vor zwei Jahren habe ich mich heftig verliebt. Mein Telefon ist zu einem geheimen Garten geworden, in dem leidenschaftliche Gespräche wucherten. Ich verspürte tief in mir das Verlangen, sie zu teilen, obwohl sie extrem intim waren. Ich habe begonnen, systematisch Screenshots davon zu machen. Doch selbst dort, im Speicher meines Telefons, schienen diese Erinnerungen zwischen all den Fotos und Videos, die sich unaufhaltsam ansammeln, zu verblassen. Sie brauchten einen anderen Ort, einen einzigartigen, entmaterialisierten und wohlgesinnten Raum. Eine kleine, abgesonderte Ecke, die ich fand, als ich einen Instagram-Account gründete, auf dem Liebesnachrichten anonym veröffentlicht werden. Dieser Ort heißt »Amours Solitaires«, im Plural. Denn auch wenn ich anfangs nur meine eigenen Liebesnachrichten veröffentlichte, erreichen mich heute täglich hunderte.

Einsame Liebende, Liebende der Liebe, wir sind nicht allein.

Ich versuche jeden Tag anhand dieser Posts den einzigartigen Moment festzuhalten, in dem die Liebe entfacht. Jenen Moment, wenn sich das Herz schon beim bloßen Ertönen des Handy-Klingeltons überschlägt, wenn es nie wichtiger war, die richtigen Worte zu finden, um zu antworten und jede neue Silbe alle Sinne entfacht. Aber auch jenen Moment, in dem die Liebe, zerbrechlich, wie sie ist, stirbt und verschwindet.

Für mich ist jede veröffentlichte Nachricht ein Aufruf zu lieben, über die Liebe zu schreiben und zwei Dinge zu widerlegen:

Zum einen das Gerücht, der Brief sei tot, keiner könne mehr schreiben und das Bild habe das Wort ersetzt. Es gehen täglich unzählige Nachrichten herum, die, in der Intimität der Telefone isoliert, auf zauberhafte Art und Weise das Gegenteil beweisen. Der Brief ist nicht tot: Er hat sich nur mit den neuen Mitteln, die uns die Technik bietet, weiterentwickelt. Vielleicht ist er sogar lebendiger denn je.

Zum anderen die Annahme, es sei nicht gut, romantisch zu sein. Frei nach dem Sprichwort »Willst du gelten, mach dich selten« hat man jahrelang die Distanziertheit, sogar den Widerstand gegen die Romantik angepriesen.

Es ist an der Zeit, diese Ära der vorgetäuschten Gleichgültigkeit und der Tabuisierung des Gefühls zu beenden. Emotionen sind weder altmodisch noch spießig. Die Nachrichten, die ich täglich auf »Amours Solitaires« erhalte, sind der beste Beweis dafür.

Sie bestärken mich in meiner festen Überzeugung, dass sie Vorboten einer Revolution der Liebe sind.

Als ich sie nacheinander las, schienen sich zwischen diesen Nachrichten, die ja nicht füreinander geschrieben worden waren, Verbindungen zu spinnen. Als ich sie in eine Reihe legte, sah ich einen Austausch, Diskussionen, Konflikte, Erklärungen, so als wären diese Nachrichten Versatzstücke eines Puzzles, die eine Einheit bilden könnten. Ich habe die Nachrichten von 278 anonymen Absendern ausgewählt und, während ich sie zusammenfügte, diesen Roman entstehen sehen: Eine Liebesgeschichte per SMS zwischen zwei Menschen, über die wir nichts wissen.

Ich sehe dieses Buch als einen Treffpunkt für all diese Liebenden, die, ohne es zu wissen, miteinander verbunden wurden. Sie haben diese Liebesgeschichte aus 278 anonymen Gesprächen gemeinsam geschrieben. Aus dem schönen Material, das mir zur Verfügung stand, hätten sich tausend Liebesgeschichten entwickeln können. Ich habe mich für diese hier entschieden.

Morgane Ortin, Paris

Die Liebe hat er schon vorher gekannt.
Auch sie hat einige vorbeiziehen sehen.
Dieses Buch ist die Geschichte ihrer Liebe.
Einer Liebe, die wie ein Fallbeil
ins Hier und Jetzt einschlägt.

Erstes Kapitel

Willst du meine Nummer?

14. Januar

00:45

Willst du meine Nummer? Ob du sie willst oder nicht, hier hast du sie. Für alle Notfälle oder FAQs zu meinem Leben oder ein Bad, zu jeder Tages- und Nachtzeit. Danke für das Abendessen und alles andere. Ich fand es schön. Bis bald, hoffentlich.

02:22

Ich bin nicht in meinem Normalzustand und möchte nichts Unnormales sagen, aber ich wünsche dir die schönste Nacht, seit die Nacht Nacht ist und die Welt Welt.

🌹

15. Januar

16. Januar

17. Januar

12:00

Hey, ich habe mich gefragt, wie es dir geht, während ich hier durch die sonnigen Straßen laufe. ☀️

Lustig, ich habe eben an dich gedacht. Alles bestens. Ich höre gerade einen Teil der »Vexations« von Satie. Ich weiß nicht, ob du das kennst, es ist unglaublich, wir hatten ja über ihn gesprochen … Er hat es komponiert, nachdem Suzanne Valadon ihn verlassen hat. Die Melodie, die ganz kurz ist, muss 840 Mal gespielt werden, also eine 12- oder 24-Stunden-Ausführung. Ich finde das wunderbar und dachte, das muss geteilt werden.

Verrückt, was man aus Liebeskummer alles machen kann. Es gibt einen Satz, den er ihr einmal geschrieben hat, der mich auch sehr geprägt hat: »Überall sehe ich nur deine Augen«.

Besessen von einem Blick.

18. Januar

19. Januar

20. Januar

08:05

Was macht man an einem Dienstagmorgen, wenn man nur 3 Stunden geschlafen hat und wach bleiben und arbeiten muss?

9:50

Einen Kaffee oder einen Saft trinken. Ganz laut Musik hören. Im Zimmer hin und her laufen. Alles bleiben lassen, nach Hause gehen, sich hinlegen.

Ich habe mit dem Kaffee angefangen. Und mich dann, nach etwa 20 Minuten, für die letzte Option entschieden.

Dann ruh dich gut aus. Meine Lieblingsmusik für den Mittagsschlaf ist »Desmond« von Boe Strummer. Vielleicht hilft dir das.

21. Januar

22. Januar

00:47

Ich finde einfach keinen Schlaf.
Seit einer Woche schon.

Schläfst du?

Nein, immer noch nicht.

Such dir ein Gesprächsthema aus,
irgendeins, dann schreiben wir uns.

Phantasien.

Hattest du viele davon?

Ja, sehr.

Und was ist mit dem Begehren?

Das kenne ich nicht so gut.

Das ist eine Vorstellung, die ich
unwillentlich verfälscht habe.

Ich habe einmal begehrt. Das hat
mir Angst gemacht.

Das Begehren müsste von
jemandem kommen, den man
ursprünglich nicht begehrt hat.
Es müsste einen anspringen.

Immer dort lauern, wo du es nicht erwartest. Frei von vorgefertigten Bildern.

Es sollte keine Bilder von Phantasien geben. Nur Worte und das Unbekannte.

Was ist mit deinen Phantasien?

Zurzeit versuche ich, sie mir zu verbieten. Ich komme gerade aus einer recht langen Beziehung, die Trennung war hart, ich versuche mich zu ordnen und mir Zeit zu nehmen, um einen Schlussstrich zu ziehen.

23. Januar

24. Januar

00:10

Ich habe ein bisschen zu viel getrunken und lustigerweise möchte ich in letzter Zeit alles, was ich sehe, lese oder höre, mit dir teilen.

So viele mögliche Gesprächsthemen.

Du meinst: ein Ozean an Möglichkeiten.

25. Januar

26. Januar

23:45

Ich langweile mich, denke an dich, langweile mich weniger. Schick mir etwas Schönes, etwas, das dir ähnelt.

00:35

»Ich bin ein Bild in Stein. Seikilos stellte mich hier auf, wo ich bleibe, als Symbol zeitloser Erinnerung.«

Das älteste Lied der Welt.

Ein Liebeslied.

27. Januar

28. Januar

29. Januar

11:12

Ganz vieles von dem, was ich heute Morgen bei Nabokov lese, erinnert mich an dich. Es bereitet mir Gänsehaut. Soll ich es dir schicken?

Ja, gerne.

Aber ich warne dich: Es ist sehr romantisch.

Perfekt.

Meinst du?

So wie die Dinge stehen.

Ich habe die ganze Nacht darüber nachgedacht, weil ich nicht schlafen konnte.

Über was nachgedacht?

Wie die Dinge stehen.

»Denn mit Dir muss man auf wundersame Weise reden, wie man zum Beispiel mit Menschen redet, die schon lange nicht mehr sind, verstehst Du, wundersam im Sinne von Reinheit und Leichtigkeit und geistiger Genauigkeit – aber ich – je pataugе furchtbar. Mit einem hässlichen Diminutiv indessen kann man Dich verletzen – denn Du bist so ganz klangvoll – wie das Wasser des Meeres, meine Entzückende.«

Ich bin sprachlos.

Ich bin ein großer Liebhaber der Liebe. Weißt du, was ich wirklich gerne tun würde? Ich würde dir auch gerne Briefe schreiben.

Was für eine schöne Idee!
Aber ich fürchte, dass der Brief angesichts des rasanten Tempos unserer Gespräche gegen diese Höllenmaschine keine Chance hat. Wir haben so viele Jahre aufzuholen, so vieles, was wir uns nicht gesagt haben.

Stimmt. Manchmal frage ich mich, ob es zu viel ist. Und dann denke ich: Wo liegt die Grenze? Das Zuviel existiert nicht.

Ich möchte dich nicht in
Verlegenheit bringen.

Mach dir darüber keine Sorgen.
Hab einen schönen Tag. 🌷

30. Januar

23:05

Das sind zweifellos die schönsten Leerzeichen, die ich je bekommen habe.

Wie geht's dir? Was machst du?

Ich lese Liebesbriefe von Flaubert. Sie sind schön und einfach zugleich. Voilà:

»Ich habe bemerkt, dass ich Sie liebte, an den Ängsten, die Sie diesen Winter ausstanden und die ich empfunden habe, als wären es meine eigenen. Seitdem sind Sie in einer entlegenen kleinen Ecke.«

Wunderschön. Diese Zeit der Briefe, des Papiers.

Ich frage mich sowieso, was das Internet heutzutage mit unseren Herzen macht.

Ich denke, es tritt sie mit Füßen.

Und wirft sie ins Feuer.

Es kommt allerdings auch vor, dass es sie wiederbelebt.

Die Liebe ist schon sehr zerbrechlich. Sie verschwindet so, wie sie gekommen ist. Ganz plötzlich. Morgens, mit der Dämmerung.

Macht diese Zerbrechlichkeit die Schönheit und die Furcht vor der Liebe aus?

Wahrscheinlich. Weil man weiß, dass sie lebt, wie sie stirbt. Schnell und kraftvoll. Wie ein Pfeil, den man abschießt.

Man spricht immer davon, wie Amor uns mit seinem Pfeil direkt ins Herz trifft, aber selten über den Moment, in dem er ihn wieder herausreißt.

Es ist ein Pfeil mit zwei Spitzen: Er schenkt Leben und bringt zugleich den Tod.

31. Januar

16:54

Ich hätte Lust, heute Abend mit dir Wein zu trinken.

Aber das ist wohl kein sehr vernünftiges Vorhaben, oder?

Extrem unvernünftig, in der Tat. Wir könnten allerdings ein paar Aufpasser einladen.

Das alles soll ja nicht außer Kontrolle geraten.

Das wird es ganz sicher. So sicher, wie wenn man neben einem Benzinkanister mit Streichhölzern spielt.

Ich bin heute Abend zu Hause. Wenn du möchtest, komm vorbei.

Ganz kurz, heimlich, still und leise.

23:30

Du hast mir den Abend versüßt.

Es fasziniert mich. Es wurde keine Grenze überschritten. Schließ deine schönen Augen und diese Klammer. Du und ich, wir leben nur in Klammern. Das ist ziemlich schön und anständig.

Du bist wirklich wunderbar. Ich habe das Gefühl, so viele Jahre meines Lebens damit vergeudet zu haben, dir nicht früher begegnet zu sein.

1. Februar

08:20

Es mag verrückt klingen, aber ich wäre heute gerne neben dir aufgewacht.

10:10

Ich wünschte, es wäre möglich.

Zumal mein Herz seit unserer Begegnung wie wild schlägt, auch wenn ich verzweifelt versuche, es auf Pause zu halten.

Es bedeutet mir viel, dass du gestern noch gekommen bist. Ich weiß, wie schwer es für dich ist. Ich war wirklich froh darüber.

Ich bin wie ein seliger Idiot ins Bett gefallen. Die ganze Sache erfüllt mich mit Glück. Es ist aufregend, auch wenn es mir manchmal Angst macht.

Da kommen widersprüchliche Gefühle zusammen.

Ich weiß nur nicht, wie weit das gehen kann. Du kommst zum falschen Zeitpunkt. Das macht paradoxerweise auch den Reiz aus.

Die Freude des Wartens. Der Zurückhaltung. Der Emotion.

Weißt du, mich hat schon lange keine Begegnung mehr so aus der Bahn geworfen. Das passiert mir selten, deshalb versuche ich, das alles so gut wie möglich mit meinem derzeitigen Leben und den Versprechen, die ich mir selbst gegeben habe, in Einklang zu bringen.

Das ist wichtig.

Ich verspreche dir, ich werde mich zusammenreißen. Ich werde nicht mitten in der Nacht bei dir aufkreuzen.

Bloß nicht. Ich wünschte, du würdest das jeden Abend tun.

2. Februar

22:55

Du musst inzwischen ziemlich trainierte Beine haben, so oft wie du mir durch den Kopf gehst.

Dieses debile Lächeln, mit dem ich jedes Mal, wenn du mir schreibst, herumlaufe, wird langsam lästig …

3. Februar

22:10

…

22:50

Ich gebe auf: Ich würde gern zu dir kommen.

Überhaupt gibt es so vieles, was ich dir gern sagen würde.

01:05

Pfeif auf den Anstand: Was möchtest du mir sagen?

Dass ich es heute Abend noch stärker spüre …

Du auch?

Jeden Tag ein bisschen mehr.

4. Februar

5. Februar

18:00

Manchmal will ich dir so viel erzählen, aber die Worte entziehen sich mir. Und ich weiß nicht mehr, wie ich mich ausdrücken soll.

Ach? Glaubst du wirklich, dass es möglich ist, so viele Gemeinsamkeiten zu entdecken, sie so unmittelbar zu teilen und ausgiebig zu besprechen, sich darüber zu freuen und daran zu erfreuen, davon so bewegt zu sein, so überrascht und glücklich, dass man keine Worte mehr dafür findet? Das wäre verrückt.

6. Februar

21:40

Ich lese heute Abend sehr schöne Texte. Etwa einen Brief von Nabokov (ja, schon wieder er, immer er), der für mich die beste Definition der Liebe ist: »Ich will es nicht verhehlen: Es ist mir so ungewohnt – nun, verstanden zu werden vielleicht –, so ungewohnt, dass ich in den allerersten Minuten unserer Begegnung dachte: Das ist ein Scherz, die Täuschung einer Maskerade ... Doch dann ... Und es gibt Dinge, über die sich schwer reden lässt – durch die Berührung mit einem Wort verwischt man ihren wundervollen Blütenstaub ... Von zuhause schreiben sie mir über rätselhafte Blumen. Du bist entzückend ... Ja, ich brauche Dich, mein Märchen. Denn Du bist der einzige Mensch, mit dem ich reden kann – über den Schatten einer Wolke, über das Lied eines Gedankens – und darüber, dass heute, als ich zur Arbeit hinausging und einer hochgewachsenen Sonnenblume ins Gesicht sah, diese mich mit all ihren Samen anlächelte.« Ich wollte das mit dir teilen.

Umwerfend. Ist die Liebe etwas, das dich beschäftigt?

Außerordentlich.

Das versteh ich. Die Liebe hat es verdient. Sie ist das Mysteriöseste und Faszinierendste überhaupt.

Und das Schönste noch dazu.

7. Februar

23:12

Kann ich dir ein Geheimnis anvertrauen?

Natürlich.

Du bist schön.

Du hättest nicht gehen sollen. Es war so berauschend, dir zufällig in dieser Bar zu begegnen.

Meinst du?

Ja. Ich hätte gewollt, dass du bleibst.

Aber: Die Freude des Wartens.

Das Warten regt die Phantasie an.

Und die Phantasie ist das Beste im Leben.

Ich weiß nicht.

Das verzweifelte Warten ist sinnlos. Zu lange träumen ist nicht gut.

Man muss auch irgendwann handeln, das ist wichtig.

8. Februar

20:28

Was hast du heute Abend vor?

Ich weiß es noch nicht, ich muss erstmal runterkommen.

Ich will, dass alle Abende wie gestern sind. Dich zufällig in einer Bar treffen …

Alle Abende wie gestern, nur dass du bleibst.

Je mehr ich dich sehe, desto mehr möchte ich dich sehen.

Die kleinste Berührung, und mein Herz spielt verrückt.

Meins auch, weißt du.
Schon lange. Ich sage das,
so als würde ich dich schon Ewigkeiten kennen, dabei sind es erst ein paar Wochen. Mir kommt es fast vor, als wären es mehrere Leben.

Es kommt einem so vor, oder? Die Zeit ist etwas so Relatives.

Ja, noch so eine Sache, die ich ablehne. Noch so ein menschengemachtes Konzept.

9. Februar

20:50

Was machst du in einer Stunde? Vielleicht lehne ich mich ein bisschen weit aus dem Fenster, aber es würde mir sehr gefallen, dich (wieder) zu sehen. Außerdem ist Sonntag. Und ich habe schlechte Laune.

Dann komm her. Lass uns deinen Mut und deine schlechte Laune feiern und meine Zurückgezogenheit für heute beenden.

10. Februar

9:06

…

9:11

…

9:30

…

10:00

Danke für den Bacon, die Rosen und dafür, dass du deine Zurückgezogenheit für mich aufgegeben hast. ❤

Es gibt kaum etwas, das ich nicht für einen Sonntag mit dir aufgeben würde. Ich umarme dich. ❤

11. Februar

22:00

Ich bin sehr traurig. Ich habe auf einen falschen Knopf gedrückt, und jetzt ist unser gesamter Gesprächsverlauf verschwunden.

Ich habe aus Solidarität auch alles gelöscht. Wir fangen bei null an.

Wie schrecklich. Ich hatte auf deinen Speicher gehofft.

Hatten wir diesen Neustart nötig?

Nein, aber das Vergängliche ist auch schön.

Wichtig ist doch, es einmal gelesen zu haben.

12. Februar

8:45

Ich träume permanent von dir.

Was, wenn wir einfach immer zusammen sein würden?

13. Februar

19:30

Wenn ich mit dir gemeinsam die Menschheit nicht mag, bin ich zwar zynischer, aber nicht so deprimiert.

Komm her. Wir schauen dem Weltuntergang eng umschlungen und zufrieden lächelnd entgegen.

20:15

Ich bin unten.

14. Februar

17:11

Weißt du, dass das, was dich so unendlich schön macht, deine Traurigkeit ist?

Ich gestern: 🥀.
du: 💦.
Ich heute: 🌷.

❤️

15. Februar

12:00

Warum verbringst du eigentlich so viel Zeit in meinem Kopf?

Weil dort immer die Sonne scheint.

16. Februar

16:40

Das Leben ist schön ohne Höschen.

Ich möchte dich heute ein bisschen necken.

Dann neck mich.

Nimm mich.

Leck mich.

17. Februar

23:02

Es ist schrecklich, ich kann mich noch so schuldig fühlen und verrückt machen mit dieser Situation, die ich nicht beherrsche, ich bekomme all die unanständigen Dinge, die ich mit dir anstellen möchte, einfach nicht aus meinem Kopf. Ich kann an nichts anderes denken als an deine Hände auf meinen Oberschenkeln und deine Zähne in meinem Nacken. Und jedes Mal wird mir heiß, du kannst dir gar nicht vorstellen, wie heiß.

Du lässt meine züchtigsten Gedanken entgleisen.

Ich mag es, wenn die Erregung überhandnimmt, und ich, ohne nachzudenken, einfach auf »senden« drücke.

Ich möchte dir Bilder schicken, die sich den Regeln der Moral entziehen. Die dich erröten lassen würden.

Du kannst sie mir als Vorgeschmack schicken. Ich bin bereit.

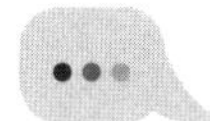

Du wirst mein Herz verwüsten.

18. Februar

19:30

Gehen wir heute aus?

Der Gedanke, mit dir zu tanzen, gefällt mir.

Bin dabei.

3:28

Wo bist du?

Ich bin heimgegangen. Ich war ein bisschen müde. Schönen Abend.

Gibt es ein Problem?

19. Februar

12:00

•••

Ich merke doch, dass etwas nicht stimmt ... Täusche ich mich?

14:05

Es ist nicht so wichtig, und ich kann es nicht in Worte fassen.

Schwer zu glauben, dass du etwas nicht in Worte fassen kannst.

14:45

Ich habe mich sehr auf diesen Abend gefreut. Du hast mir eine Seite des Lebens gezeigt, die mir bisher verborgen geblieben war, die der Unbeschwertheit, des Glücks, der Freiheit, des unermüdlichen Tanzens. Ich will versuchen, ehrlich zu sein, auch wenn es mir schwerfällt: Ich habe mich unwohl gefühlt, als ich dich da so lange mit diesem Mädchen reden sah. Ich weiß, dass wir nicht wirklich zusammen sind und dass ich nicht das Recht habe, dir das zu sagen, deshalb schien es mir klüger zu gehen und mich zu beruhigen. Das soll kein Vorwurf sein, auf keinen Fall, aber ich mache mir Gedanken über unsere Beziehung. Ich verstehe, dass du nach dieser schweren Trennung Zeit brauchst. Nur sind wir uns so nah und schreiben uns täglich so viele schöne Dinge, dass es immer schwieriger wird, damit umzugehen. Ich weiß nicht mehr, wie ich mich verhalten soll.

Glaub mir, ich habe diese Zweifel auch. Mit dem Mädchen gestern war nichts, ich hatte gar keine Lust dazu. Was du schreibst, geht mir nah. Manchmal wünsche ich mir, meine Gefühle für dich voll ausleben zu können. Dann wiederum scheint es mir voreilig. Es ist, als wäre ich nicht bereit, mich wirklich auf etwas Neues einzulassen.

Ich hoffe, es wird nicht darauf hinauslaufen, dass wir den Kontakt irgendwann ganz abbrechen müssen, uns nicht mehr sehen oder sprechen können, weil es zu schmerzhaft und frustrierend wird. Ich glaube, ich wäre sehr traurig darüber.

Ich weiß, die Situation ist nicht einfach.

Weißt du, ich versuche, mich an meine Vorsätze zu halten, aber du bringst mich vollkommen durcheinander. Ich bin wie besessen von dir. Unwichtiges wird mit dir plötzlich bedeutend. Es gefällt mir, wie du mich, trotz meines Pseudo-Widerstands, zähmst.

20. Februar

00:40

Du fehlst mir ganz fürchterlich.

Ich sehne mich nach dir. Meine Nächte sind traurig, ohne dich.

21. Februar

15:10

Findest du nicht auch, dass die Partnerschaft und die Vorstellung, die man in unserer Gesellschaft von der Liebe hat, furchtbar deprimierend sind?

Ich habe das alles nie besonders ernst genommen.

Die Partnerschaft?

Ich war nie untreu, weil ich weiß, dass es Menschen verletzt hätte, aber ich verstehe nicht, weshalb man so etwas Schönes wie die Liebe verhindern sollte. Ich habe mir immer gewünscht, dass meine Partner frei sind, einfach weil der Körper des anderen einem nicht gehört. Ebenso wenig wie sein Geist.

So sehe ich das auch. Es ist absolut möglich, mit unterschiedlichen Personen unterschiedliche Dinge zu erleben und das alles zu trennen. In meinen bisherigen Beziehungen ist mir das allerdings nie gelungen.

Das ist meistens so. Ich bin für die freie Liebe. Ich sage nicht, dass es keine Eifersucht gibt, die ist normal. Aber ich denke, am Ende wäre es gesünder, wenn man sich von all dem befreien könnte.

Andererseits habe ich den Eindruck, dass die Exklusivität auch die Kostbarkeit und die Seltenheit der Liebe ausmacht, meinst du nicht?

Ich wünsche mir, irgendwann mehr davon mit dir zu leben.

Ich auch. Wir können schon froh sein, dass wir uns begegnet sind und so viel miteinander teilen können. Und wer weiß: Vielleicht sind wir eines Tages bereit, unsere Gefühle füreinander frei auszuleben.

Ja. Du tust mir sehr gut, weiß du das?

Das ist das Wichtigste. Ich will dir nicht weh tun. Du bedeutest mir jetzt schon sehr viel. Verrückt eigentlich, du bist einer der wenigen Menschen, an die ich so häufig denke.

Wie könntest du mir weh tun?

Ich weiß es nicht. Ich will, dass du weißt, dass du mir sehr viel bedeutest.

23:04

Schläfst du?

Nein.

Ich würde gern mit dir auf der Rückbank eines Autos quer durch die Nacht fahren.

Ich würde gern nur deinen Kopf auf meiner Schulter spüren.

Mehr würde ich mir mit dir auch nicht erlauben.

Gestern Abend waren wir für einen ganz kurzen Moment allein. Mein Herz spielt jedes Mal verrückt, und ich weiß nicht mehr, wohin mit mir.

Bei mir ist das genauso. Das ist das Schöne an der Zurückhaltung.

In ihr liegt wirklich die volle Intensität des Begehrens.

Auf diese Weise vergeht es nie. Das Begehren kann so schnell verfliegen, es ist so flüchtig.

Ich frage mich, ob wir uns irgendwann einmal nicht einig sein werden.

Ich bin deine große Liebe. Was suchst du noch weiter?

Falls ich mich eines Tages nicht für dich entscheide, musst du mich bitte ohrfeigen.

22. Februar

16:00

Meinst du, wir würden uns genauso stark zueinander hingezogen fühlen, wenn wir dem Verlangen nachgeben würden?

Ich fürchte, ja.

Mir liegt viel daran, dass wir uns immer wichtig sein werden. Ganz unabhängig davon, was sonst zwischen uns passiert.

Ich glaube, du hast jetzt schon etwas so Tiefgründiges in mir bewegt, das kann so schnell nicht aufhören.

Versprich mir, dass du mir sagst, wenn diese Situation dich irgendwann bedrückt oder sie nicht mehr passt.

Versprochen. Bisher bedrückt es mich nicht, es ist nur ein bisschen frustrierend. Andererseits mag ich diese sehr ungewöhnliche Beziehung auch. Meine Gefühle dazu sind kompliziert und widersprüchlich.

Wir reden so offen miteinander,
das müssen wir uns beibehalten.

Seitdem wir gestern über all das
gesprochen haben, scheint es mir
nur noch realer.

23. Februar

23:20

Ich hatte immer das Gefühl, gegen eine Wand zu laufen, doch seitdem du in mein Leben getreten bist, ist es, als hätte man alle Fenster, alle Türen aufgerissen. Es ist, als würde endlich Luft in diesen endlosen Gang gelangen, in dem ich gefangen saß. Endlich kann ich atmen und von Weitem den Himmel erahnen. Das löst du in mir aus.

Wenn ich an dich denke, herrscht in mir Sommer (ganz besonders wenn ich so eine Nachricht bekomme).

24. Februar

10:00

Lass mich nicht zu lang entbehren.

Dass meine Sinne sich wieder nach dir verzehren.

Ein Königreich für einen Augenblick an deiner Seite.

25. Februar

22:40

Es wird dir vielleicht lächerlich vorkommen, aber: Du hast mir beigebracht, mir die Zähne mit der linken Hand zu putzen, damit ich dir mit der rechten antworten kann.

Verrückt, wie zufrieden einen die einfachsten Momente machen können: das Betrachten einer Landschaft oder eines Flugzeugs, das Erhalten einer Nachricht von dir, das Dir-unermüdlich-Schreiben. Es ist das Gefühl, angekommen zu sein.

Verrückt, wie Worte einen aufbauen können, wie Küsse auf die Wange so viel wertvoller sein können als irgendein leidenschaftlicher Kuss.

Verrückt, wie gut der Zufall es manchmal trifft.

26. Februar

01:10

Ich sehe dich.

•••

Dreh dich um.

5:38

Weißt du, ich finde dich wirklich bezaubernd. Ich bin jedes Mal, wenn wir uns zufällig treffen, in einem verheerenden Zustand, aber du strahlst eine ganz besondere Schönheit aus. Du warst wundervoll heute Abend, in diesem Club. Ich bin eine schreckliche Göre. Ich gehe gar nicht so viel aus, aber wenn ich ausgehe, dann werde ich zur Furie. Ich ärgere mich jedes Mal, dich gehen zu lassen.

Als du mich endlich bemerkt hast, sah ich dir schon eine Stunde lang zu. Wie du dort deinen Rock geschwungen und in der Menge getanzt hast. Ich hatte den Eindruck, das Licht berührte nur dich. Ich war pathetisch mit meinen Whiskey-Gläsern, du warst poetisch mit deiner erwachsenen Frauenart. Es war wahrscheinlich dumm, dich gehen zu lassen, ich hätte wirklich gern die Nachbarn mit dir geweckt.

After ohne dich ist wie *before*.

Ruf mich an (bald).

Und komm (schnell).

Mir wird ganz schwindelig (schon).

Schick mir deine Adresse (ohne zu zögern).

Zum Teufel mit der Geduld!

Ich komme (sofort).

27. Februar

10:00

Ich habe die Tür beim Rausgehen fest zugeschlagen. Und bin die Treppen hinuntergehüpft.

Jetzt laufe ich durch die Straßen. Ich lächle albern. Und denke an dich.

Ich lächle, wenn ich daran denke, dass du lächelst, wenn du an mich denkst. Und dass ich lächle, wenn ich an dich denke.

Jetzt kann ich es dir endlich sagen: Dein Mund verführt zu Schandtaten.

Und ich dir das: Wenn ich mit meiner Zunge über meine Lippen fahre, habe ich das Gefühl, deine noch zu spüren …

Weißt du, ich habe in den vergangenen Tagen oft an den Geruch deiner Haut in der Sonne gedacht und daran, wie sie schmecken würde, würde ich sie sanft mit meinen Lippen berühren. Heute Nacht habe ich mir diesen Traum endlich erfüllt. Und es war besser als alles, was ich mir hätte vorstellen können. Ernsthaft, dich zu küssen ist das Irrste, was mir je passiert ist.

2. Kapitel

Lass uns etwas Schönes schaffen

28. Februar

21:40

Was hältst du von diesem Kuss?

Ich schlage dir etwas vor: Lass uns die Muse des jeweils anderen sein.

01:59

Wann hast du vor, mir meine schlaflosen Nächte zurückzugeben?

Wenn deine Grübchen wieder das Innere meiner Oberschenkel streicheln.

29. Februar

18:50

Ich wünschte, ich könnte deinen Geruch in meinem iPhone speichern.

Was ich mir wünschte: Du, auf meinem Sofa, ich, der spricht, du, die antwortet, du, die etwas sagt, ich, der lacht, du, die die Musik mag, ich, der dir erzählt, du, die mich küsst, ich, der dich umarmt, du, die schwitzt, ich, der atmet.

Ich stehe draußen, barfuß unter den Sternen, und rauche eine Zigarette. Ich denke an dich, an deine Haare, dein Parfüm, ich lese deine Nachricht immer und immer wieder. Ich wünschte, du wärst hier, um dich in dieser süßen Nacht zu küssen.

Ich bin für ein paar Tage auf dem Land und träume davon, dass du nachkommst. Aber es ist weit.

20:01

Wenn es sein muss, folge ich dir ans Ende der Welt.

Sogar hierher?

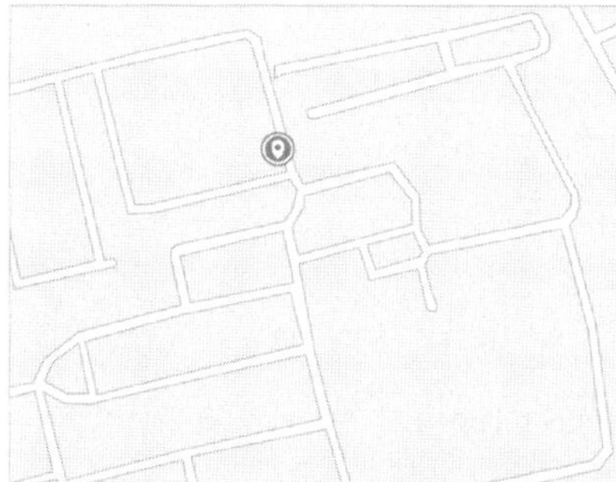

Ich habe große Lust, heute Abend mit dir zu spielen.

Du startest hier ein gefährliches Spiel. Du könntest dich verbrennen.

Vielleicht warte ich genau darauf. Verbrannt zu werden, voll und ganz von dem, was du mir geben kannst, verzehrt zu werden.

Bis in vier Stunden!

1. März

2. März

3. März

11:16

Ich denke an diese zwei gemeinsamen Tage zurück. An die Zigarette, die du angezündet hast, an meinen nackten Körper auf der Couch, an die Orgasmen, die du mir geschenkt hast. Ich weiß nicht mehr richtig, was ich denken soll, ich denke an alles und an nichts. Nur an deinen Blick, der in meinen taucht.

11:45

Ich fühle mich beflügelt. Ich habe auf meinem Fahrrad im Regen gesungen. Ich habe gesungen, während ich meine Bücher einräumte, ich habe ein seliges Grinsen auf den Lippen und ein warmes Gefühl im Bauch. Es ist so einfach und so schön. Essen, Cidre trinken, sich irgendwie die Zähne putzen, einen Film anfangen, miteinander schlafen, auf den Film pfeifen, reden, lachen, sich massieren, einen Zeichentrickfilm schauen, wieder essen, sich ansehen, wieder lachen, sich andauernd küssen und spät einschlafen.

Du hast übrigens ein paar Wimpern und Haare in meinem Bett vergessen. Du hättest auch dich vergessen können.

Wenn du sprichst, sind die Worte lebendig. Sie tanzen so schön. Ich verschlinge deine Nachrichten. Ich werde nicht von dir erwarten, klare Gedanken zu haben, wo meine doch so weit davon entfernt sind, es zu sein. Die Freiheit ist schön, und ich genieße es, mich in deinen Armen wiegen zu lassen. Manchmal verliere ich mich auch ein bisschen darin. Vielleicht werden wir unsere Geschichte eines Tages erzählen.

Weißt du, es ist wirklich cool, so viel Zeit mit dir zu verbringen, aber lass uns die Sache doch mal klarstellen: Du gefällst mir sehr. Ich meine, so richtig. Nicht nur ein bisschen, nicht nur so. Und ich glaube, es fängt an, mich zu stören, dass du nicht mein bist. Du verunsicherst mich auch, aber vor allem gefällst du mir. Mehr als die anderen. Mehr als Konvention und Moral. Du gefällst mir, weil du mich so sehr interessierst, dass ich keine Zeit mehr finde, selbst interessant zu sein.

Du beherrschst meine Gedanken. Ich kann mich nicht auf mein Buch konzentrieren und bin über ein Stopp-Schild gerast. Du gefällst mir auch (sehr sogar). Im Leben begegnet man permanent Menschen. Guten Menschen, Idioten. Solchen, denen du einmal »Guten Tag« sagst, aber auch solchen, die sofort wichtig sind. Eine Person, bei der die Chemie sofort stimmt, mit der du dich verbunden fühlst, so als würdest du sie schon immer kennen. Du erkennst dich in ihr, und es ist fast beängstigend festzustellen, wie ähnlich eure Sicht auf die Welt ist. Diese Begegnung hat für mich vor ein paar Wochen stattgefunden und hat sich in den letzten Tagen nur bestätigt. Und jetzt kann ich nicht mehr ohne dich.

»Du bist in der entlegenen kleinen Ecke.«

4. März

17:00

Nach allem, was in den letzten Tagen passiert ist, frage ich mich, was wir sind? Wohin führt das? Ich weiß nicht genau, wie es gerade in deinem Kopf aussieht. Mir fällt auf, dass du dem Thema eher aus dem Weg gehst, aber vielleicht wäre es an der Zeit, darüber zu sprechen?

Ich versuche gerade, alles so zu nehmen, wie es kommt, ohne mir zu viele Gedanken zu machen.
Es fällt mir schwer, mich zu projizieren und uns zu definieren.
Ich hole aus jedem Tag das Beste heraus und versuche, die Sache nicht zu verkopft anzugehen.

Was hältst du davon?

Für's Erste ist das in Ordnung.

5. März

23:35

»Im Bett läuft es so gut wie im Leben.«

»Ich bin eine, die gerne improvisiert.«

»Das ist genau mein Typ Frau.«

»Dann werden wir uns noch besser verstehen als gedacht.«

»Auf Wunsch auch mehr, nicht wahr, meine Liebe?«

»Selbstverständlich.«

Okay, fallen wir jetzt wild übereinander her und zerreißen unsere Kleider, oder machen wir hier noch lange einen auf zivilisiert?

»Schluss mit diesen Kindereien.«

Es ist so schön, wenn du so sprichst, dann überkommt mich die Lust, deine Lippen zu küssen.

6. März

22:02

Kannst du mir etwas Schönes sagen? Ich weiß, man sollte solche Dinge nicht einfordern, sie verlieren dadurch an Spontanität, werden unnatürlich, aber ich muss ein bisschen lächeln, ein paar schöne Worte lesen. Denn das ehrlichste Lächeln, zu dem ich fähig bin, ist das, was du mir entlockst. Es ist wie ein Lehrsatz, es ist einfach so. Es würde mein Herz heilen.

Ich brauche dein Lächeln als Antwort auf meins.

7. März

23:30

(Ich hab schon wieder Lust auf dich! Ich habe andauernd daran gedacht, zu dir zu kommen, mit dir zu schlafen, dich zu streicheln. Aber jetzt, diese Woche, ist es besonders schlimm. Die Sache wird langsam gefährlich.)

Ich lebe gern gefährlich.

8. März

00:40

Ich fühle mich wirklich wohl, seitdem du in mein Leben getreten bist.

Aber es ist vielleicht zu früh …
Oder zu spät.

Oder genau richtig.

9. März

12:05

<3

<3 <4 <5, bis zur Unendlichkeit.

Wie soll ich mich da nicht unsterblich in dich verlieben?

10. März

9:02

Der einzige Ort, an dem ich heute Morgen sein möchte, ist zwischen deinen Beinen.

Der Platz auf meiner Couch, in meinem Bett, zwischen meinen Beinen ist noch ganz warm. Ich möchte nicht, dass du ihn kalt werden lässt.

11. März

16:54

Du fehlst mir jetzt schon.

Du fehlst mir schon immer.

00:36

Schläfst du?

Nein, ich bin da.

Ich muss dir etwas sagen.

Ich bin ganz Ohr.

Diese Begegnung ist unglaublich, unvorstellbar. Unsere Gespräche stellen mein Leben auf den Kopf. Ich bin nur noch der Schatten meiner selbst, oder vielleicht ist es auch einfach meine Vergangenheit, die zum Schatten wird. Ich weiß es nicht mehr. Du hast meine Gewissheiten zerstört und mein Gehirn mit meinem Herzen konfrontiert, du hast meinen Körper und mein Ego erschüttert, meinen Blick geschärft und mich zum Weinen gebracht. Du hast mich verletzlich gemacht und so hungrig, so neugierig auf die Zukunft. Du zwingst mich dazu, mich zu lieben, nur um dich besser verwöhnen zu können, du lässt mich aufleben, schaudern, du erregst den Mann in mir. Ich will nicht länger warten. Ich habe tief in mir drin verzweifelt nach Antworten gesucht, die mich von der Vergangenheit heilen würden, ohne zu merken, dass ich längst geheilt bin. Du hast mich geheilt.

Wie ergreifend, das zu lesen … Mein Herz schlägt so laut, dass ich mich nicht mehr denken höre.

Aber ich muss dir auch etwas sagen. Etwas, das sehr ungelegen kommt. Aber jetzt, wo die Dinge zwischen uns konkreter werden, muss ich es dir sagen.

Ich ziehe in drei Monaten ins Ausland. Ich habe eine Chance bekommen, die ich nicht ausschlagen kann.

•••

•••

•••

02:30

Ich habe das Gefühl, du hast mein Herz gerade mit deinen bloßen Händen zerquetscht.

•••

Wir haben uns so viel geschrieben, so viel besprochen, wie kann es sein, dass du es nie geschafft hast, dein Auslandsprojekt auch nur zu erwähnen? Das ist jetzt ein bisschen viel für einen Abend. Ich lass dich mal lieber, wir besprechen das später.

Es tut mir wirklich leid. Ich wusste einfach nicht, wie und wann ich es dir sagen sollte. Ob es zu früh war oder zu spät. Zwischen uns hatte noch nichts Wirkliches begonnen. Ich weiß, das ist jetzt viel. Ich möchte dir auf keinen Fall die Tür vor der Nase zuschlagen.

Vielleicht klingt es verrückt, aber ich würde gern sehen, wie weit wir gehen können, wie viele erste, zweite, fünfzehnte Male wir zusammen erleben können.

Bis zu meiner Abreise, und, wer weiß, vielleicht sogar danach … Du hast dich jetzt endlich dazu entschlossen, frei zu sein, in deinem Herzen und deinem Kopf. Ich möchte diese Freiheit mit dir leben.

Aber es ist eine Freiheit mit Verfallsdatum.

Können wir uns morgen sehen und darüber sprechen?

12. März

20:48

00:23

09:30

14:40

23:58

13. März

20:02

Ich habe von uns wie von einer Selbstverständlichkeit geträumt, einer unverhofften Begegnung, die das Begehren verstärkt und den Verstand, der nicht daran glauben mag, in den Wahnsinn treibt. Jetzt, wo du endlich bereit bist, kann ich mich nicht damit abfinden, mir »uns« entgehen zu lassen.

14. März

23:46

Dein Schweigen macht mich verrückt. Sprich mit mir, schreib mir.

15. März

03:05

16. März

12:05

Ich will nur wissen, wie es dir geht. Wenigstens das.

15:00

Wie Bogart, der Bacall in einer Dampflok abfahren lässt, in Film-Noir-der-Vierziger-Jahre-Stimmung. Im Raum, den du in meinem Kopf bewohnst, herrscht das reinste Chaos. Auf der einen Seite bin ich verletzt, dass du wegziehst und es mir nicht einmal gesagt hast, dann wiederum bin ich aufgeregt, dass wir etwas zusammen erleben könnten. Aber beide Gefühle widersprechen sich.

Was ich dir jetzt sagen werde, wird dir nach der Ankündigung meiner Abreise sicher verrückt vorkommen, aber ich konnte in diesen schweigsamen Tagen an nichts anderes denken:

Ich bitte dich, wir haben keine Zeit zu verlieren, lassen wir uns einfach fallen, verlieben wir uns wirklich! Ich weiß, es ist schwer und unerwartet, aber du weißt doch auch, dass ich in drei Monaten weg sein werde. In drei Monaten wird es vielleicht nie ein »uns« gegeben haben. Normalerweise spiele ich endlose Verführungsspielchen, aber mit dir möchte ich nicht spielen. Sammle ruhig alle Marken ein, du hast die Partie gewonnen! WIR haben sie gewonnen.

Ich wünsche mir, dass du heute Abend meine Hand nimmst und mit mir tanzt, dass wir lachen, bis uns der Bauch weh tut, dass wir alle zur Seite drängen, die sich uns in den Weg stellen wollen, und loslegen. Ich bitte dich, wir könnten zusammen so hell strahlen.

Und, weißt du, ich will wirklich nicht, dass wir uns streiten, bevor wir uns geliebt haben.

20:02

Ohne dich kränken oder beschuldigen zu wollen, bin ich der Ansicht, dass du mir mein Herz gestohlen und es mir jetzt wieder zurückgeschickt hast. Als Ausgleich für diese Entführung schlage ich dir ein Lösegeld vor.

Alles, was du willst.

Mein Körper, der die ganze Nacht dem Tempo des deinen folgt.

♥ Du bist der Beste, weißt du das? Komm heute Abend zu mir. Ich koche für dich.

21:40

Entschuldige, aber mir ist etwas dazwischengekommen, ich schaffe es doch nicht.

•••

Nie ist mir ein flüchtigeres Wesen begegnet.

17. März

2:52

Ich bringe dir morgen am späten Nachmittag, gegen 17 Uhr, etwas vorbei.

9:00

Ich werde da sein. Mit meinem kalten Abendessen. Vor meinem Haus.

17:10

Zehn Minuten mit dir, und ich vergesse den Rest des Tages. Ich habe deinen Zettel in meine Tasche geschoben und weiß nicht, ob ich nachhause rennen oder schleichen soll.

17:50

Deine Nachricht hat mich zu Tränen gerührt, sie ist so kurz und einfach, so perfekt. Ich werde sie sofort in die Schublade der wichtigen Dinge meines Lebens legen.

18:20

Weißt du, ich hab Angst. Es ist ein bisschen wie eine Bombe, die jederzeit explodieren kann: morgen, in einem Monat, in drei Monaten ... Vor allem in drei Monaten, vielleicht aber auch früher, vielleicht später. Wir müssen die Zeit, die uns zusammen bleibt, deren Endpunkt wir nicht kennen, genießen.

Ich war nie so sehr ich selbst wie mit dir.

Es gibt Tage mit und Tage ohne. In den vergangenen Tagen ist mir klar geworden, dass mein ganzes Leben ohne ist, wenn du nicht Teil davon bist.

Du hast meinen Blick auf die Welt verändert. Ich will sie nicht verlassen, ich will, dass wir sie zusammen entdecken und ausschöpfen. Du hast mich verändert. Und es gefällt mir. Mir gefällt diese Macht, die du über mich, über uns hast, diese Macht, der du dir nicht bewusst bist. Dich einfach nur beobachten … Sehen, wie du die Augen schließt und mich vergisst … alles vergisst. Dabei sein zu dürfen. Dir zuzuschauen, wie du lebst und versuchst, mit der Welt, die dich umgibt, klarzukommen. Das fasziniert mich. Bevor du in mein Leben getreten bist, stand ich allein in der Menschenmenge, ich hatte Angst, glücklich zu sein, Angst, an etwas Schönes zu glauben. Ich suhlte mich in meiner Trauer, fühlte mich von ihr beschützt, sie war bequem und beruhigend. Und dann kamst du.

Deshalb möchte ich, dass wir die drei Monate, die uns bleiben, so intensiv wie möglich zusammen erleben, auch wenn es schwer wird.

Du bist eine so unglaubliche Frau, und du machst mich so glücklich, dass ich dir blind folge, selbst wenn es nur eine kurze Fahrt wird.

Ich habe den Eindruck, dass ich in den letzten Jahren ganz viel Poesie angestaut habe und immer frustriert war, weil ich nie genau wusste, was ich damit anfangen soll: Wie ich sie ausdrücken, mit ihr umgehen, sie mit der Realität verbinden kann. Jetzt weiß ich es. All diese Jahre haben mich auf uns vorbereitet.

Ich weiß nicht, wie ich dir je für all das Glück, das du in mein Leben gebracht hast, danken kann.

Weißt du, ich gebe zu, ich bin dir schon am ersten Abend verfallen. Als ich mich endlich getraut habe, deinen mich schon minutenlang entspannt musternden Blick zu erwidern, bin ich dir wie ein blutiger Anfänger erlegen. Du hast wirklich viel geredet. Verzeih, aber ich erinnere mich nicht an alles. Ich war viel zu sehr darauf konzentriert, die Struktur deiner Pupille und die Form deiner Lippen zu studieren. Es war womöglich dumm, dich gehen zu lassen, auch wenn es erst der erste Abend war.

Kommst du heute Abend
zum Essen? Diesmal wirklich?
Versprochen, ich lass dich nicht
gehen. ❤

Ich werde pünktlich um
20 Uhr 30 da sein. Ebenfalls
versprochen.

18. März

10:00

Heute Nacht hatte ich wirklich das Gefühl, nach einer langen Reise endlich am Ziel angekommen zu sein. Ich war so erschöpft und glücklich darüber, dass ich kurz weinen musste. Du bist zu meinem Ufer, meinem Hafen, meinem Morgen geworden.

Ich weiß nicht, wie ich dir dafür danken soll, aber ich verspreche dir, dass ich alles versuchen werde, um dir das gleiche Gefühl zu geben. Alles wird gut. Das wird schön.

Ich rieche noch nach dir. Mein Körper fordert mich bei jeder Bewegung auf, zu dir zu kommen, wo auch immer du bist, dir deine Kleider vom Körper zu reißen, vor dir zu knien und meinen Kopf zwischen deine Beine sinken zu lassen. So oft wie nur möglich mit dir zu schlafen. Mich wieder mit deinem Duft einzudecken. Deinen Körper bis in den letzten Winkel zu erkunden. Ich lebe einen Wachtraum der Liebe. Die Langeweile existiert nicht mehr angesichts dieses Sturms des Begehrens, der wütend deinen Namen ruft.

19. März

19:30

Ich bin verrückt nach dir.

Ich bin nichts mehr ohne dich.

20. März

21:02

Ich frage mich schon, was wir jetzt sind.

Lass uns etwas Schönes zusammen schaffen.

3. Kapitel

Zieh dich aus, ich muss mit dir reden

(einen Monat später)

21. April

18:40

Sag mir, worauf du heute Abend Lust hast.

Erstmal auf dich.

Lustig, dass du das sagst: Heute Morgen beim Aufwachen galt mein erster Gedanke deinem Körper.

(schelmisches Lächeln)

(eindringlicher Blick)

(Lippen-Kauen)

(Hand auf deiner Hüfte)

(Ich schließe die Augen und öffne leicht den Mund.)

Leg dich nackt aufs Bett, spreiz deine Beine und warte so auf mich. Ich bin auf dem Weg, um dich zum Orgasmus zu bringen.

22. April

20:02

Krass, mir war das gar nicht klar.

Was?

Dass die Sonne über unserer Liebe nie untergeht.

23. April

09:40

Ich mag es, deine perfekte Frisur zwischen meinen Beinen durcheinanderzubringen.

Deine Hände sind meine schönsten Dessous.

Ich küsse dich, die eine Hand unter deinem Pulli, die andere unter deinem Rock. Dein Herz, das gegen meins schlägt.

Bis heute Abend, mein Liebling. 🌹

24. April

05:02

Wo bist du?

Ich bin traurig und wütend. Deshalb bin ich lieber gegangen.

•••

Bitte geh ran. Ich will wirklich verstehen, was los ist.

6:30

Vielleicht täusche ich mich, aber ich fand dein Verhalten respektlos. Ich hätte mir gewünscht, dass du es selbst merkst. Wir haben zwar nie von Exklusivität gesprochen, aber ich bin davon ausgegangen, dass es für uns beide klar ist. Du hast mir heute Abend wirklich weh getan.

Ich muss gestehen, ich kann dir nicht ganz folgen. Ich habe mich nur länger unterhalten. Da ist nichts, das dich beleidigen könnte. Ich verstehe nicht, warum du so reagierst.

Wie du sie angesehen hast, das hat mich sehr verletzt. Es ist egal, ob etwas passiert ist oder nicht. Deine Gleichgültigkeit mir gegenüber hat mich verletzt. Ich weiß nicht mehr, was ich denken soll. Mit all meinen großen Reden über die freie Liebe, komme ich mir lächerlich vor, aber ich fürchte, ich bin meinen Idealen nicht gewachsen.

Glaub mir, ich wollte dich wirklich nicht verletzen. Bitte verzeih mir, wenn du es so empfunden hast. Ich will nur mit dir sein. Ich will dir nicht weh tun. Nie. Ich weiß, wir haben viel über die freie Liebe gesprochen, aber ehrlich gesagt, glaube ich auch nicht, dass ich das mit dir kann.

Es ist lächerlich, dieses Gespräch per SMS zu führen, kann ich zu dir kommen? Ich würde das gern aus der Welt räumen, live mit dir darüber sprechen.

Heute lieber nicht.

25. April

14:30

Gestern habe ich dich, ohne es zu ahnen, verletzt, dabei habe ich nur versucht, auf den fahrenden Zug aufzuspringen. Ich habe zu lange den Kaputten gespielt und – welch Ironie des Schicksals – zerstöre damit alles Schöne um uns herum. Das Licht, auf das ich gewartet habe, auf das wir alle warten, bist du. Du bist eine Muse, die Liebe, eine Freundin in der Liebe, ein endloser Tanz, mit wehendem Haar und brennenden Füßen. Also verzeih mir bitte, mein Liebling, ich wollte dir nicht weh tun. Verzeih mir, wenn ich ungeschickt oder unbeteiligt war.

Ich weiß nicht, was ich sagen soll.

Du machst mir Angst, wenn du sprichst und wenn du nicht sprichst. Ich will nicht ohne dich sein, verstehst du das?

Ich habe gestern Abend übertrieben. Meine Worte sind übers Ziel hinausgeschossen, weil ich Angst hatte. Und ich glaube, das weist auf etwas hin, vor dem wir uns nicht weiter drücken können. Ich muss wirklich wissen, was wir sind. Ob wir wirklich zusammen sind. Oder ob es eine vorübergehende Verliebtheit ist, die wir noch ein paar Monate weiterführen, da ich ohnehin gehen werde. Ich glaube, ich kann nicht weitermachen, so lange das nicht geklärt ist.

16:10

Ich wollte immer, dass wir fest zusammen sind, und habe das auch nie in Frage gestellt. Auch wenn wir nie darüber gesprochen haben. Auch wenn du wegziehst. Du musst wissen: Ich bin dein. Ich will, dass wir einander gehören. Dir ist gar nicht klar, dass ich, seitdem du in mein Leben geplatzt bist, das Gefühl habe, dass du es schon immer warst ...

Ich bin auch dein. Nur dein. Ganz und gar.

16:40

Sehen wir uns heute Abend, um darüber zu reden. Ich glaube, das würde mir guttun.

26. April

13:00

Ich war heute Nacht wie erstarrt, deshalb konnte ich es dir nicht sagen, aber ich liebe dich. Ich liebe dich von deinem Muttermal unter dem Auge bis zu deinen Mundwinkeln. Von deinem wilden Haar bis zu deinem Mitternachtshotel. Dem meiner Nächte. Ich liebe deine Empfindlichkeit und deine Sensibilität. Deine Aufmerksamkeit. Ich liebe dich, weil du gelernt hast, die verschiedenen Ebenen meines Chaos zu lieben. Weil du den Augenblicken einen Ton gegeben hast, den nur wir hören. Weil ich manchmal das Gefühl habe, dass wir, auch wenn die anderen das große Ganze bilden, zusammen die Unendlichkeit sein könnten.

13:50

Ich bin so gerührt von deiner Nachricht, ich kann nicht aufhören, sie zu lesen. Ich liebe dich, ich habe keine Angst mehr, es zu sagen, zu schreiben.

Und ich liebe dein Gehirn noch vor deinem Körper. Wenn ich dir beim Schlafen zusehe, wie du da wenige Zentimeter von mir entfernt liegst, dann ist die Welt plötzlich schön, und ich bin nicht mehr traurig. Ich liebe dich, du bist mein Leben, ich schwör's dir, du bist mein Leben. Jetzt und für immer. Pack deine Sachen und komm ein paar Tage zu mir, ich trage deine Koffer. Ich liebe dich. Ich kann nicht aufhören, wie ein Idiot zu lächeln.

Dieses Lächeln ... Es ist das Ziel meines Lebens.

27. April

28. April

16:40

Ich bin wirklich in dich verliebt. Wenn du am Telefon bist, macht es bei mir rkrlglrglgglfmmdbd.

29. April

30. April

11:20

Ich weiß zwar nicht genau, was das wird. Aber ich kann dir sagen, dass es spritzte. Es war süßlich und roch gut. Es war weich.
Es kratzte und schwitzte, war zugleich laut und ganz leise. Es war Frühling und Winter. Es war die Unordnung. Verletzlich, aber doch so stark. Es war, wie wenn du im Halbschlaf bist. Entspannt, aber wachsam. Einfach. Spontan. Der Rausch. Die Freiheit.

Das ist die schönste Definition der Liebe, die ich je lesen durfte.

1. Mai

21:00

Schläfst du?

Nein. Was machst du?

Meine Finger amüsieren sich gerade mit zwei Dingen: Sie fummeln unten an mir herum. Sie tun so, als wären sie deine.

Wo bist du?

Unter meiner Bettdecke.

Bleib da. Und dimm das Licht. Ich will, dass du mich in den siebten Himmel beförderst.

Ich bin besessen von dem Gedanken.

Ich will, dass du mich kratzt.

Dass du mich beißt.

Dass du mich spüren lässt, dass du das, was ich tue, genießt.

Mach weiter.

Ich liebe es, wenn deine Hände mich anflehen aufzuhören, während deine Augen das Gegenteil verlangen.

Ich will sämtliche deiner Nervenenden hacken.

Dich ganz mit meinem Körper bedecken und zugleich in dir ertrinken.

Wenn ich mit dir schlafe, wäre ich gerne wieder ein Tier.

Dich mit meinen Hüftstößen um den Verstand bringen, bis du deinen Namen vergisst, und dich dann langsam ins Leben zurückholen, indem ich dir deinen Vornamen ins Ohr flüstere und dich gleichzeitig sanft mit meinen Lippen liebkose.

Ich würde dich gerne fesseln und streicheln, bis du um Gnade flehst.

Wo soll ich unterschreiben?

Auf meiner Haut.

Mit deiner Zunge.

Ich lege jetzt mein Telefon zur Seite, bevor ich vor Lust explodiere. 🔥

Ich küsse deine weiche und schöne Haut, die mich auf unzüchtige Gedanken bringt.

Dir auch eine gute Nacht. Dir und den perfekten 13 Zentimetern, die deinen Bauchnabel von deinem Venushügel trennen.

2. Mai

8:40

Ich steige in den Zug, mein Herz. Ich liebe dich.

Gute Reise. 🌷 Ich lese gerade einen Comic, das erinnert mich an dich. Ich entdecke mich durch deine Augen. Ich zeichne eine Linie parallel zu deiner. Sie kreuzen sich nie, damit wir uns nicht in die Quere kommen, aber unsere Wege liegen nah genug beieinander, damit wir Händchen halten, miteinander schlafen, uns küssen und uns ansehen können, ohne miteinander reden zu müssen. Wir lieben uns Seite an Seite, ganz nah. Genauso, wie es sein muss.

3. Mai

18:15

Dein genialer Geist fehlt mir.

Dein süßer Po auch.

Du fehlst mir auch. Es kommt mir jetzt schon zu lang vor. Ich will mir gar nicht vorstellen, wie es sein wird, wenn ich wirklich gehe.

Es ist besser, vorerst nicht daran zu denken. Genieß die Zeit mit deiner Familie. ❤

4. Mai

11:10

Also, ich habe hier kein Wifi, deshalb nur schnell eine Nachricht, um dir zu sagen, dass ich dich liebe und dass das fehlende Internet daran nichts ändert.

Mir reicht's. Du fehlst mir. Ich werde wahnsinnig. Je weniger ich dich sehe, desto wahnsinniger werde ich.

Denk dran: Die Freude des Wartens.

Zu dem, der wartet, kommt alles mit der Zeit. Nie war ich geduldiger, als während ich auf dich wartete, da kann ich jetzt auch noch ein bisschen länger warten. Wir hätten uns auch erst in zwanzig Jahren begegnen können, so gesehen kommen wir ganz gut weg!

23:38

Ich liege nach einem endlosen Abendessen endlich im Bett und habe Zeit, dir ein bisschen zu schreiben.

Du fehlst mir so sehr.

Ich brauche dich, bei mir, auf mir, unter mir, bis ich nicht mehr weiß, wo mein Wesen beginnt und wo es endet. Ich will mit dir sein, dich spüren, dich erleben: Du sein.

Ich wünsche mir nur, dich schnell wiederzusehen, um dich an mich zu drücken, so fest, dass wir das Risiko einer totalen Fusion eingehen, nur noch eins sein, uns einander ganz hingeben. Ich würde gerne etwas in der Art mit dir erreichen, ich bin sogar davon überzeugt, dass wir nichts anderes anstreben können.

Ich habe das Gefühl, einen Seelenverwandten gefunden zu haben.

Stimmt, das Wort gibt es.

5. Mai

20:30

Meine Mutter erzählt aus ihrem Liebesleben.

Ich habe das Gefühl mit einem einundzwanzigjährigen Mädchen zu sprechen.

Einundzwanzig ist ja auch das Alter der Liebe.

Was sagt sie über die Liebe?

Verstreute Zuneigung.

Sie sagt, sie will ihre Geschichte auch ausleben.

Ich weiß nicht genau, warum ich jetzt gerade daran denke, aber wir sollten unsere Nachrichten noch woanders als in unseren Telefonen speichern, damit wir sie nie verlieren.

Sie sind zu wertvoll.

Ich mache Screenshots ohne Ende, nur habe ich langsam so viele davon, dass wir eine andere Lösung finden müssen.

Stimmt, diese Nachrichten sind unser gemeinsames Gedächtnis.

Ich würde es nicht ertragen, wenn sie beim erstbesten Handy-Diebstahl verloren gingen.

6. Mai

18:30

Ich muss die ganze Zeit an diese weiße Wand denken, an deine Brüste, wie sie von der Sonne gestreichelt werden, deinen Po, der den Abdruck des Bodens trägt, unsere Hände, die sich berühren, die Hitze, die uns wärmt. Und die drei Worte, die nur eins bilden.

Ich habe nie so rückhaltlos geliebt. Ich weiß nicht, ob man das sagen kann. Ich habe noch nie eine so vielversprechende Liebe erlebt.

Kommst du mich am Bahnhof abholen?

Ja, und nur dass du's weißt: Für heute Abend brauchst du deinen Pyjama gar nicht erst einzupacken.

7. Mai

9:10

Ich schaue dir beim Schlafen zu. Du bist so schön.

Ich habe Tränen in den Augen.

Schönheit, das ist der Klang des Lichts auf deinem Gesicht.

Ich gehe jetzt zur Arbeit. Hab einen schönen Tag. ☼

10:50

Es war so umwerfend, sich gestern Nacht wiederzusehen.

Es ist, als würde ich dich zum ersten Mal sehen, und dann wiederum scheint es mir, als hätte es immer nur dich gegeben. Das geht über Worte hinaus.

Du bist meine Liebe. Ich bin verrückt nach dir.

Mein Herz schlägt nach dir.

8. Mai

11:04

Du wirst das bestimmt blöd finden, aber ich habe mich wegen dir in die Liebe verliebt.

Ich dachte immer, ich wüsste, was es bedeutet, verliebt zu sein, aber ich hatte keine Ahnung.

9. Mai

14:40

Verdammt, in etwas mehr als einem Monat bist du weg … Nach einem Abend wie gestern fällt es mir schwer, das zu glauben. Alles scheint so selbstverständlich zwischen uns, als würden wir uns schon immer kennen.

Es ist verrückt, aber manchmal wünsche ich mir, die ganze Sache fiele ins Wasser.

Ich wusste doch am Tag, an dem sich unsere Blicke kreuzten, dass ich mich in eine Scheißsituation begebe.

10. Mai

23:45

Zwischen deinen Lenden

Komme und gehe ich

Und du kannst dich nicht abwenden

Deine Wünsche sind mir Befehl.

11. Mai

19:56

Wenn ich dich von hinten sehe, nackt, dein dunkles Haar, das sich auf dem Kissen wellt, wenn du mir diesen Nacken zudrehst, den ich so gerne küsse, dann mischen sich Traum und Wirklichkeit ... Ich glaube, diesen Winkel mag ich am liebsten, es ist einer, der die Zeit stillstehen lässt, der sich einprägt, der das Verlangen steigert und meine Bewunderung vertieft.

Ich werde dir für das, was du mir gibst, nie genug danken können. Du bist so sanft. Du hast mich mit meinen schlimmsten Seiten konfrontiert. Wie eine Ohrfeige. Eine, die ich sicher verdient habe.

Ich weiß nicht, wie ich es sagen soll. Ich würde dir das gerne zurückgeben. Dieses verdammte Glück, einfach damit du weißt, was du bei mir auslöst, weil ich keine Worte dafür finde. Das ist die Grenze zwischen der Prosa, der Poesie und mir. Ich bin nur ein vulgäres, prosaisches junges Mädchen!

12. Mai

20:00

Ich komme in zwei Stunden bei Pigalle an und würde Sie, Madame, gern auf unzüchtige Weise küssen. Ich fürchte nur, es könnte die Abendgesellschaft schockieren.

Ich werde da sein, Monsieur, um Ihre Lippen und Ihre Inbrunst entgegenzunehmen. Angesichts der Lust, die mich überkommt, kann ich meine Ungeduld, meinen Amethysten wiederzusehen, nur begrüßen.

Mein Gott.

22:30

Wenn du nicht schon meine Freundin wärst, würde ich dich anmachen.

Dieser rote Rock steht dir ausgezeichnet.

Bist du da?!

Tanz weiter, so als wäre ich nicht im Raum. Du, die tanzt, das ist ein erogener Teil von mir.

13. Mai

11:52

Es war so gut, in deinen Armen zu sein, fest an dich gedrückt, dann wieder weit weg von dir zu tanzen und dich schließlich inmitten dieser Menschenmasse, dieses Lärms zu küssen. Es gab nur dich. Es war zwar nicht ganz so gut wie mit deinem Kopf zwischen meinen Beinen auf deinem Teppich zu schreien, aber doch sehr gut.

🔥

Wir haben uns vor gerade einmal einer Stunde getrennt, und du fehlst mir jetzt schon. Wir sprechen ununterbrochen miteinander, ich bombardiere dich mit Nachrichten, ich kann nicht mehr ohne dich. Ich weiß vielleicht nicht, was die Zukunft bringt, aber gerade, in diesem Moment, möchte ich dich mein Leben lang bei mir behalten.

14. Mai

9:45

Oh

Ja

Die Nacht

Mit Ihnen

Ist so gut, so gut

Das intensive Leben

Und dein Herz

Und meines

Alles zusammen

Und du, du träumst

Und ich träume

Bis zum Morgengrauen

Und wir verlassen die Nacht, wie man einen Garten verlässt

Mit Blumen im Knopfloch und Kräutern in der Hand

12:00

Zieh dich aus, ich muss mit dir reden.

15. Mai

21:50

Ich habe immer daran geglaubt, dass es eines Tages jemanden geben würde. Aber die Wahrheit ist doch, dass man am Ende genau so allein ist wie am Anfang und man nicht mehr Gründe hat zu bleiben, als zu gehen. Es ist eine endlose Demütigung, ein misslungenes Stück, ohne einen Vorhang, der den Schein wahren könnte. Wie wenn einem Kind zufällig beim ersten Versuch etwas Wunderbares gelingt, das dann aber, sobald es versucht, es jemandem ein zweites Mal vorzuführen, missglückt. Man wird aus Versehen geboren, danach folgt eine Reihe peinlicher Aufführungen, die nur ein mitfühlender Blick begleitet. Es ist niemand da.

Siehst du, das dachte ich. Und dann kamst du.

Ich glaube, es lag eine riesige Kiste voll Liebe irgendwo in mir verborgen. Vergessen, unbenutzt, von der Zeit, dem Wind, dem Regen beschädigt. Du hast es geschafft, so tief zu graben, dass sie wieder zum Vorschein gekommen ist.

Ich habe deine Nachricht dreimal gelesen und jedes Mal habe ich von Kopf bis Fuß Gänsehaut bekommen. Angenehme Gänsehaut. Als würde eine warme Welle durch meinen Körper rollen.

16. Mai

20:10

Ich will dich. Ich will dich andauernd. In meinen Armen, in deinen, in meinen Laken, du, in mir, ich, auf dir, auf meinen Lippen, auf deinen, mit dem Schlag deines Herzens, mit meinen roten Wangen, meine Lippen an deinen Hals gepresst, deine Hände auf meinem Rücken, und »ich liebe dich« bis zur totalen Erschöpfung.

Es wird mir so entsetzlich fehlen, mit dir zu schlafen.

Wir werden eine Lösung finden, mein Liebling. Wir werden schreibend miteinander schlafen.

Meinst du, das klappt?

Willst du es versuchen?

Ja.

Ich schwöre dir.

In allen möglichen Varianten wünsche ich mir.

•••

Du, mit Höschen oder nackt.

Ich, der dich sanft von vorne oder hart von hinten packt.

•••

•••

Deine Brüste lecke oder dein Fleisch verzehr'. Es bist immer du, die ich begehre. Immer mehr.

Und?

Überzeugt.

17. Mai

16:10

Ich muss dir etwas sagen. Du wirst vielleicht lachen, weil wir jung und dumm sind und du vielleicht denken wirst, dass meine Worte in ein paar Jahren keine Bedeutung mehr haben werden, aber: Ich liebe dich, und ich habe vor, dich immer zu lieben. Ich sage nicht, dass es einfach wird, auch nicht, dass du nie abhauen wollen wirst. Aber ich habe vor, die nächsten sechzig Jahre bei dir zu bleiben. Ziemlich lang, oder? Dabei bin ich mir noch nicht einmal sicher, ob diese Zeit ausreicht, um dir zu beweisen, dass du die Person bist, die mir am meisten entspricht.

Lass es uns doch schonmal bis zur nächsten Wiedergeburt versuchen.

18. Mai

22:30

Manchmal frage ich mich, wie lange ich dich schon liebe. Mir kommt es vor, als wäre es schon immer. Dein Name ist zu einem Gefühl geworden.

Ich habe angefangen, »du bist« zu schreiben, und es dabei belassen. Ich dachte, es wäre schön, nicht mehr als das zu schreiben und dir zu sagen, wie glücklich mich diese zwei Worte machen ... »Du bist«. Das ist das Beste, was mir passieren konnte.

4. Kapitel

Empfindungsgedichte

(zwei Wochen später)

1. Juni

7:40

Mein Liebling, ich kann mir gar nicht vorstellen, dass ich in einer Woche gehe. Pack deine Sachen, ich hol dich heute Abend ab, wir fahren vier Tage weg. Ich hab ein schönes Zimmer am Meer gebucht.

Das könnte vielleicht mein Herz vor dem Auseinanderbrechen retten.

2. Juni

3. Juni

4. Juni

5. Juni

6. Juni

9:20

Ich weiß nicht, wie du es angestellt hast, aber ich war noch nie so schnell nackt. Ich liebe dich so sehr, dass es weh tut. Dass ich davon träume. Ich liebe dich so sehr, dass ich mich jeden Tag bewusstlos trinken müsste, um nicht mehr daran zu denken, um zu vergessen mir Sorgen zu machen.

Ich will nicht mehr gehen. Weil ich jeden Morgen deine zerzausten Haare sehen will, dein Lächeln, wenn ich »ich liebe dich« sage, weil ich dein Kichern hören will, wenn ich mir den kleinen Zeh am Couchtisch stoße … Ich will, dass du die Hymne meines Lebens bist, meine Muse. Es ist entsetzlich, was mit uns geschieht.

Wenn die Liebe ein Gesicht hätte, wäre es deins. Kein Wort, so schön es auch sein mag, könnte die Momente, die wir zusammen erlebt haben, ersetzen. Die Momente, die gerade geschehen und mitten in der Nacht noch geschehen werden. Das sind jene, die uns bleiben. Du wirst mir fehlen. So sehr.

Was willst du an unserem vorletzten Abend machen?

Mit dir schlafen und dabei weinen.

7. Juni

10:40

Die Entfernung wird nichts daran ändern. Du wirst immer bei mir sein, irgendwo in meinem Herzen. An diesem speziellen, undefinierbaren, unwiderstehlichen Ort. Du wirst mich nie, ich wage es, das verbotene Wort zu benutzen, nie verlassen. Dein schönes Lächeln soll mich – beschwipst oder nüchtern – bis zum Ende begleiten.

Ich bin verrückt nach dir. Auf meine Art. Ich bin verrückt nach dem, was du bist, danach, wie ich mich durch dich fühle. Ob es nun Liebe war oder ein anderes Gefühl, das ich nicht benennen kann, ich bin verrückt danach. Ich liebe dich. Ich sehe dich vor mir und liebe dich.

Ich habe solche Angst vor dem, was jetzt kommt. Ich bin wie gelähmt.

Auch wenn du mir entsetzlich fehlen wirst, finde ich es unglaublich, dass du gehst. Ich bewundere deine Willenskraft, deine Stärke, deinen Mut.

Ich weiß, dass alles gut gehen wird, weil ganz viel in dir steckt. Denk daran, wer du bist, und verliere das nie aus den Augen. Sei nie entmutigt, vertrau dir ... Aber vor allem, pass auf dich auf und komm zu mir zurück.

Glaubst du, ich schaffe das?

Glaubst du, wir können mit einer so großen Distanz umgehen?

Natürlich bist du dazu in der Lage! Du musst wissen, dass keiner mehr an dich glaubt als ich. Du bist mein Ein und Alles, seit hunderten von Tagen schon. Ich hoffe, etwas von mir wird dich in dieses andere Leben begleiten. Ich glaube an die ewige Liebe und Treue. Fürchte dich nicht vor den Hürden, das Leben ist voll davon.

Und wie wird es dir gehen?

Mach dir um mich keine Sorgen. Ich liebe dich, und ich werde bei dir bleiben. Du bist ein Teil von mir, du kannst dich darauf verlassen, dass ich dir immer zur Seite stehen werde, wenn du mich brauchst. Ich werde dich niemals allein lassen, nie.

Ich liebe dich mehr als erlaubt. Keiner kann sich vorstellen, wie sehr. Auch wenn das zwischen uns noch gar nicht so lange geht, ich hätte mir nie vorstellen können, dich so derartig zu lieben.

8. Juni

18:30

Ich bin am Flughafen, mein Liebster.

•••

•••

Ich kann dich schreiben sehen.

•••

Ich schaffe es nicht.

Was?

Ich will nicht, dass du gehst.

💔

Wir haben in den letzten Tagen eine ziemliche Gefühlsachterbahn erlebt. Aber du hast es geschafft, dass ich am Ende zuversichtlich, sogar ungeduldig war. Du hast eine große Ambition in mir geweckt: Dich zu verdienen. Dem Mann, der du bist, gerecht zu werden. Mithalten zu können mit deiner Sanftheit, deiner Güte, deinem Vertrauen. Dich mit Küssen und Gelassenheit zu überschütten. Es kann mich ein ganzes Leben kosten, das zu erreichen, aber ich kenne kein edleres Ziel. Mach dir keine Sorgen, mein Herz. Es wird alles gut gehen.

Meine Prinzessin, du hast mir so gutgetan, als es mir so schlecht ging. Du hast mir gegeben, was ich brauchte. Leb dein Leben, flieg los, ich werde immer für dich da sein.

Das ist dein Traum, ich lasse dich gehen, weil ich dich liebe.

20:08

Ich sitze endlich im Flieger. Ich überlege schon seit Tagen, was meine letzte Nachricht an dich vor dem Abflug sein wird. Und ich glaube, jetzt weiß ich's.

Wir spielen Stein, Schere, Papier, und wenn ich gewinne, vergisst du mich nie.

Du hast jetzt schon gewonnen. Ich liebe dich. Guten Flug und versuch mir zu schreiben, wenn du ankommst. Du bist das Beste, was mir im Leben passiert ist.

9. Juni

00:20

Ich hoffe, du hast einen guten Flug und dass dieser seltsame Moment der Einsamkeit in der Luft angenehm für dich ist, dir vielleicht sogar guttut. Für mich war der Abend eine Folge von Momenten tiefer Einsamkeit: Ich war zwar, bis ich ins Bett ging, von Leuten umgeben, aber ich habe mich nie so verlassen gefühlt wie heute. Du bist in kürzester Zeit mein Ein und Alles geworden, das Wichtigste, die Essenz meines Lebens. Ich habe es geahnt, deine Abwesenheit und die Stille haben es aber nur nochmal bestätigt. Ohne dich ist mir alles fremd, ich finde mich nicht mehr zurecht. Ich muss dann über dich sprechen, unsere Nachrichten lesen, Fotos von dir ansehen, um mich zu beruhigen, mich mit dir zu verbinden und deiner Omnipräsenz in meinen Gedanken eine physische Form geben. Du fehlst mir jetzt schon entsetzlich. Du bist mein Leben geworden. Selbst mein Bett kommt mir ohne dich fremd vor.

2:12

Ich warte geduldig und kämpfe gegen eine entsetzliche Trauer an. Ich versuche, das Gute in dieser Trennung zu sehen: Zeit, dir zu schreiben, Zeit, unsere Liebe zu empfinden, dich ganz tief in mir zu spüren, fester verankert denn je. Es ist fast körperlich: Ich habe das Gefühl, du wärst ein Teil meines Körpers. Diese Liebe durchfährt mich ganz und gar. Ich bin stolz, von einem so wunderbaren Menschen wie dir geliebt zu werden.

03:06

Ich hatte nicht erwartet, dass es so schnell so schwer sein würde. Ich gehe jetzt ins Bett. Ich küsse dich von ganzem Herzen.

Wir sind gerade erst gelandet. Ich bin vollkommen erschöpft, und die Distanz zwischen uns bricht mir jetzt schon das Herz. Ich schreibe dir morgen. Ich liebe dich.

10. Juni

15:00

Ich bin endlich aufgewacht, es war eine endlose Nacht. Ich habe im Flugzeug viel geweint. Dieses Gefühl, alles hinter sich zu lassen und für undefinierte Zeit so weit wegzugehen, ist ziemlich verrückt. Ich habe deine Nachricht heute Morgen beim Aufwachen gleich mehrmals hintereinander gelesen und bei jedem Mal das Gleiche empfunden. Die letzten Tage waren auch für mich intensiv und bewegend ... Danke. Danke für diese Sternstunden des Lebens und der Liebe. Ich schaue dich so oft an, weil ich in deinen Augen das gleiche Feuer erkenne, das auch mich täglich antreibt. Halt an dieser Unschuld fest, dieser Liebe zu den Menschen und dem Leben. An dieser Vitalität. Dir ist gar nicht bewusst, wie schön du bist, wenn du dich von all dem tragen lässt. Ich behalte deine Haut, deine Lippen, deinen Blick, deinen Körper in Erinnerung; wenn ich allein oder melancholisch bin, kehre ich zu ihnen zurück. Zurück zu diesem Fenster, zu diesem jungen Mann, der seinen Blick nachdenklich über den Horizont schweifen lässt. Ich werde denken, wie schön er ist und dass seine Augen in einer Weise leuchten, die ich bisher nicht kannte.

Und ich werde ihn küssen ...
Ein letztes Mal. Mach dir für die Fortsetzung keine Sorgen, mein Liebling, wir werden diese Distanz zusammen bewältigen.

Ich räume gerade auf, versuche die »Spuren« der letzten Stunden (wieviele schon?) zu beseitigen. Es heißt, man müsse von Neuem beginnen, wenn nur noch eine flüchtige Erinnerung bleibt, so wie das Gefühl des warmen Sandes auf der Haut. Ich habe auch ein paar Kratzer in unser Inventar aufgenommen und ein Fundbüro eröffnet: Dein Lächeln ist hier, in meinem Gedächtnis, gut aufgehoben, ich gebe es dir zurück, wenn wir uns sehen. Ich streichle dich mit meiner Zunge, nur der Spitze, ganz sanft, kaum spürbar, wie ein Traum, ein gescheiterter Versuch, ein fiebriges Begehren. Ich liebe dich, mein Herz. Richte dich gut ein und ruf mich an, wenn du Zeit hast.

11. Juni

22:18

Auch 22000 Kilometer entfernt, bleibst du der Mensch, nach dem ich mich am meisten sehne.

Ich werde dich besuchen kommen. Die Welt ist nicht groß genug, um mich weit von dir entfernt zu fühlen.

Ganz gleich, wohin ich gehe, du wirst immer mein Zuhause sein, mein Liebling.

12. Juni

07:00

Ich wünschte, ich könnte noch einmal halb betrunken an der Place de la République pinkeln, mit dir, die laut lacht. Mich in einem Tal wie ein Brett in die Sonne gleiten lassen, dich in meinen Armen spüren. Oder dich in der Kälte eines Bahnhofs fest an mich drücken und blöde Witze reißen, um einen Kuss von dir zu ergattern, dich unter brodelndem Wasser umschlingen und bis zum Wahnsinn lieben.

8:00

Du bist mein perfektester Morgen, weißt du das?

Wir sind wie geschaffen für sonnige Vormittage und regnerische Nachmittage.

Rufst du mich an?

Sofort.

13. Juni

19:05

Ich schaue mir die Fotos und Videos der vergangenen Monate an.

Ich könnte endlos in unseren Erinnerungen schwelgen, mein Leben lang.

Verbringen wir es doch lieber damit, uns neue zu schaffen.

14. Juni

14:00

Ich habe die ganze Nacht kein Auge zubekommen, ich habe an diesen Moment gedacht, als du mich mit Glück erfüllt hast, an dieses Lächeln, diese Euphorie, diese Freude, diesen kurzen, aber intensiven Moment, an unsere Liebesspiele. Ich wollte, dass du weißt, dass ich dich bedingungslos liebe.

Und dass ich nicht so lang von dir fernbleiben kann. Deshalb habe ich nach Flügen geguckt, ich könnte im Oktober kommen, wie wäre das?

Was für eine wunderbare Nachricht. Buch sofort!

15. Juni

23:20

Unsere Lust im Chor.

Meine Haare auf deiner Brust, meine Finger, die deinen Rücken kratzen, unsere knittrigen Laken, unsere Kleider am Boden.

Meine Hände, die nach deinen Haaren greifen, meine Lippen auf deinen, das Bett, das bebt, unsere Fragen, längst vergessen.

Mein Körper, der zittert, und dein Stöhnen in meinem Ohr, die Zeit, die stillsteht, die Welt, die schweigt, und meine Seufzer in deinem Schweigen.

Und dein Körper, der sich windet, und mein Becken, das kreist, die Nacht, die vorbeizieht, die Liebe, die verzehrt wird, und unsere Körper, die glühen.

Die Definition der Leidenschaft. Wir werden unseren Kindern erzählen können, dass wir sie einmal erlebt haben.

Dass wir Glück hatten, dass wir glücklich waren.

Dass wir lebendig waren, uns lebendig fühlten.

Dass wir alles andere vergessen haben.

Dass es nur uns beide gab.

16. Juni

03:10

Wenn ich betrunken nach Hause komme und du nicht da bist, ist das T-Shirt, das du in meinem Bett vergessen hast, eine Qual und zugleich ein Segen ...

Das Gleiche gilt für die Boxershorts, die ich dir geklaut habe ...

Meine Orgasmen sind so fad ohne dich.

Mein Verlangen nach dir zehrt an mir.

Du machst mich verrückt. Ich schaue mir Bilder von dir an. Du bist so schön, verdammt, wie schön du bist. Ich liebe deinen Körper wie ein Wahnsinniger, es macht mich krank. Dein Nicken, dein Stöhnen, deine Schreie, deine Augen, die du über einem zufriedenen Lächeln schließt. Wenn die Lust nach dir mich packt, werde ich unberechenbar.

17. Juni

00:20

Ich liebe dich, ganz fest.

Tut gar nicht weh.

18. Juni

22:45

Jetzt, wo du weg bist, fühlt sich die Stadt ganz anders an. Ich komme nicht vom Fleck, ich kann mich auf nichts konzentrieren. Ich höre die ganze Zeit Étienne Daho. Ich treffe Leute, aber in Wahrheit langweile ich mich zu Tode.

Ruf mich an, erzähl mir, was du erlebst, damit ich das Gefühl habe, es auch ein bisschen zu erleben.

00:10

•••

02:06

Es ist hart, wenn du nicht antwortest. Ich male mir Dinge aus, die mir schreckliche Angst machen. Gute Nacht.

19. Juni

10:00

Mein Liebster, bitte entschuldige, ich hatte gestern einen sehr anstrengenden Tag und habe nicht auf mein Handy geschaut. Aber ich denke jede Sekunde an dich. Du bist immer bei mir.

Du fehlst mir, weißt du.
Zu wissen, dass du so weit weg bist, so hilflos zu sein. Die Angst, niemals zu dir zurückzufinden. Ich hoffe jeden Tag, dass du früher als geplant zu mir zurückkehrst. Dass du mir weiter und immer weiter schreiben wirst und ich irgendwie, trotz der Distanz, immer bei dir bin.

15:16

Du bist immer irgendwie immer bei mir. »Du bist in der entlegenen kleinen Ecke.«

Ich habe das Gefühl, ich enge dich ein, ich hasse das, ich erkenne mich nicht wieder.

Du gefällst mir am meisten, wenn du nicht versuchst, mir zu gefallen. Sei einfach du selbst. Ich bin verliebt in dich. In dich. Also liebe dich bitte auch, und hab keine Angst, mir nicht zu gefallen. Liebe mich auf deine Art, und ich werde nicht anders können, als dich nur noch mehr zu lieben.

20. Juni

20:20

Das Leben ist beschissen ohne dich.

Du fehlst mir so sehr. Manchmal habe ich Bauchschmerzen davon. Ich verfluche die ganze Welt dafür, nicht bei dir sein zu können. Nicht mehr laut lachen zu können, bis die Tränen kommen, bis wir nicht einmal mehr lachen. Dieses Glück, dich zu sehen, sich zu kennen oder sich zumindest bis ins kleinste Detail kennenzulernen. Danke. Danke, weil ich so sehr weiß, wie es ist, mit dir zu sein, dass ich heute auch weiß, wie es sich anfühlt, es nicht mehr zu sein.

Ich liebe dich, mein Liebling, zweifle nie daran. Ich bin mittlerweile etwas entspannter, und falls meine Liebe dir auf deiner Suche nach Ruhe und Frieden irgendwie helfen kann, nimm sie. Denk daran, dass ich jeden Tag an dich denke und sich daran nichts ändern wird. Es ist nicht einfach aus der Entfernung, aber ich versuche, dir all die positive Energie und die Leidenschaft, die ich immer für dich gehabt habe, zu schicken. Es müsste mehrere Arten geben, »ich liebe dich« zu sagen. Weil dieser Satz zu banal geworden ist und es keine Worte gibt, um zu beschreiben, was mich umtreibt, wenn ich an dich denke. Auch aus der Ferne, auch wenn man uns trennt. Deshalb lassen wir das mit den Worten: Schließ deine Augen, denk daran, wie ich dich ansehe. So ist es gut. Du hast es verstanden.

21. Juni

09:50

So viel Sonne in meinem Gesicht!

Rrh... Sei still! Hier sind es 18 Grad.

Hier sind es »Du-Grad«.

Stell dir vor, wir warm. 😏

Du erregst mich wie drei Kaffee. Ich weiß nicht, ob ich meine Nase lieber zwischen deine Beine oder in deinen Suchverlauf stecken möchte.

22. Juni

03:00

Ich komme gerade von einer Party heim und bin total betrunken und traurig. Ich habe mich mit dem Taxifahrer gestritten und hätte mich fast geprügelt. Mein Herz liegt in Trümmern.

Ich kann nicht mehr so lange von dir getrennt sein. Ich liebe dich so sehr, ich will nie wieder so weit von dir entfernt sein wie zurzeit, es ist jetzt schon zu viel, ich kann nicht mehr. In meinem Kopf schreibe ich dir die ganze Zeit Gedichte, die ich dir nie vortrage, weil es Empfindungsgedichte sind. Komm bald zurück, komm, leb mit mir!

07:00

Ich ertrage den Gedanken nicht mehr, dass wir getrennt sind, dass wir unglücklich sein können. Ich ertrage den Gedanken nicht mehr, dass die anderen glücklich sind. Glaub mir, mein Liebling, wir sind noch jung und sorglos, wir werden uns im Nu wiederfinden und lieben.

5. Kapitel

•••

Ich liebe (und zerstöre) dich

(einen Monat später)

23. Juli

24. Juli

25. Juli

6. Juli

27. Juli

22:50

Es macht mich traurig, dass du unser Telefonat seit zwei Wochen verschiebst. Die Zeit vergeht langsam, und jeder Tag gleicht dem anderen, es kommt mir vor, als wäre ich in der Vergangenheit hängen geblieben. Ich habe heute Nacht von dir geträumt, fast als hättest du mich gehört.

28. Juli

15:16

Also echt, langsam wird es wirklich schwierig, auch nur eine Nachricht von dir zu erhalten.

Ich suche dich seit Wochen, und wir finden uns einfach nicht. Hast du vielleicht eine Gebrauchsanweisung? Ich weiß auch nicht, irgendwas Einfaches, wie bei Ikea, mit dazugehörigem Werkzeug und Zeitangabe?

Tut mir leid. Ich bin gestern Abend spät nach Hause gekommen. Man hat hier schlechten Empfang. Alles gut bei dir?

•••

29. Juli

30. Juli

31. Juli

10:21

Hab einen schönen Tag! Ich hoffe, es geht dir gut.

1. August

2. August

20:53

3. August

23:56

Ich hatte dir gesagt, dass ich am Anfang nicht bereit war, eine neue Beziehung einzugehen. Die Abhängigkeit war etwas, was ich um jeden Preis meiden wollte. Wenn du mir in die Augen gesehen hast, hat mir die Liebe, die ich in deinen erkannt habe, manchmal Angst gemacht. Ich wollte, dass wir uns lieben, aber nicht zu sehr, dass wir uns fehlen, aber nicht zu sehr. Ich wollte frei sein und niemandem gehören.

Ich habe mir das vor deiner Abreise immer wieder eingebläut. Und doch …

Bin ich heute krank vor Liebe. Dein Geruch verfolgt mich überallhin. Wenn ich durch die Straßen laufe, suche ich nach dir. Ich sehe dich in allen Menschen, die ich treffe. Verdammt. Ich wollte das nicht, ich wollte stark bleiben, und jetzt bin ich schwach, verwirrt, verloren ohne deinen Duft, deine Wärme, deine weiche Haut, deine sanfte Stimme, die sagt, ich müsse mich nicht fürchten vor der Liebe.

4. August

5. August

12:45

Es tut mir wirklich leid, ich hatte mein Telefon wieder nicht dabei.

Kann ich dich anrufen? Damit wir darüber sprechen?

Vergiss es.

6. August

7. August

21:36

Wir müssen miteinander reden.

Dieses endlose Schweigen ist auch für mich unerträglich.

Wir haben doch immer über alles gesprochen. Warum gelingt es uns jetzt nicht mehr?

Ich weiß nicht. Ich glaube, ich bin wütend auf dich.

Liebst du mich denn noch?

Es gibt diesen einen Teil von mir, der dich immer lieben wird, und die anderen, die langsam absterben. So als wären es ausgetrocknete Schwämme, die sich auflösen, weil alles andere schwierig scheint. Wir waren ganz klein, und jetzt sind wir zu groß.

Hör zu, selbst wenn mein Leben nach der Begegnung mit dir in tausend Stücke gesprengt wurde, glaube ich noch immer, dass es sich lohnt. Seit ich dich kenne, weiß ich, was es bedeutet, wirklich zu lieben. Und ich weiß es immer noch, weil ich dich immer noch liebe, abgöttisch. Ich empfinde weder Hass noch Reue oder Gewissensbisse.

Nur eine Liebe, deren Feuer an Kraft verliert, eine Müdigkeit, der Distanz wegen, ein Verlangen nach Nähe, das durch Worte nicht ganz gestillt werden kann.

Was sollen wir tun? Uns trennen?

Nein, ich bin verliebt in dich. Willst du das etwa?

Natürlich nicht.

Man bräuchte einen viel zu Descartschen Geist, um diese Frage zu beantworten.

Hier gibt es einen Geist, der sagt: »Liebling, komm schnell zurück nach Frankreich.« Mit Étienne Daho im Hintergrund.

❤️

Du fehlst mir.

Dann komm zurück.

Du weißt, dass ich noch nicht zurückkommen kann. Es tut mir leid. Es tut mir leid, dass du wegen mir leidest, dass ich zu spät dran bin. Ich hoffe nur, dass es nicht zu spät sein wird, wenn wir uns wiedersehen. Denn ich verspreche dir, dass du von diesem Moment an nie wieder auf mich warten wirst. Ich verspreche dir, dass du mich diesmal nicht einholen musst, dass ich nicht mehr gehen werde, dass ich dich lieben werde wie immer, nur ohne Zurückhaltung, ohne Angst, dass du nie wieder meinetwegen leiden wirst.

Ich kann dir nicht versprechen, dass es nicht zu spät sein wird. Ich bin diesen Umstand, meine Gefühle durch dieses Gerät vermitteln zu müssen, wirklich leid. Ebenso wie die Missverständnisse, die daraus entstehen … Manchmal kann ich einfach nicht mehr.

Ich habe mich noch nie so einsam gefühlt, wie seitdem ich dich liebe und du weg bist. Ich kann mich nicht daran hindern. Dich zu lieben. Aber dieses entsetzliche Gefühl der Einsamkeit bricht immer wieder über mich herein.

Manchmal ertappe ich mich sogar dabei, anderen Frauen hinterherzuschauen und mir zu wünschen, dass sie sich um mich kümmern, dass sie mich in den Arm nehmen und mich ein bisschen trösten.

Es tut weh, das zu lesen. Ich hätte wegen deiner Nachricht fast mein Telefon zertrümmert, doch dann, als ich darüber nachgedacht habe, wurde mir klar, dass ich genau das Gleiche empfinde.

Ich verstehe nicht, was mit uns los ist. Eine so große Liebe zu erleben und trotzdem das Bedürfnis zu haben, von anderen getröstet zu werden. Das ist der Gipfel!

Lass uns über all das nachdenken und morgen sprechen. Ich bin todmüde.

Aber bevor ich einschlafe, musst du wissen, dass ich dich liebe. Ich will dich sehen. Ich will dich immer sehen. Ich will für dich da sein. Ich will dich von deinen Ängsten befreien. Verdammt, ich liebe dich.

8. August

08:10

Ich habe die ganze Nacht kein Auge zugemacht. Wir gehören zusammen, davon bin ich überzeugt. Ich warte ganz ungeduldig auf diesen Moment. Wenn ich bereit bin zurückzukommen. Wenn du bereit bist. Wenn wir bereit sind, glücklich zu sein. Aber jetzt müssen wir erst einmal an uns denken. Falls du schon genau weißt, wer du bist, gratuliere, aber ich habe noch immer keinen blassen Schimmer. Ich segle immer noch durch die mysteriösen Gewässer meines Geistes. Ich dachte, ich sei bereit. Bereit, dir alles zu geben, was ich geben kann. Weil die Gefühle ja da sind, weil ich es mir wünsche. Aber ich stelle fest, dass ich alles andere als bereit bin. Das ist eines dieser Dinge, das einfach nicht über die Lippen gehen will, wenn wir telefonieren. Ich glaube nicht, dass wir auf unsere Liebe verzichten müssen. Das wäre das Schlimmste. Aber ich denke, dass wir uns mehr Freiheiten geben könnten, um dieser Einsamkeit zu entkommen, aber zugleich den Unterschied zu machen: Das zwischen uns bleibt heilig, einzigartig, unantastbar.

•••

Es ist hart, das zu lesen …

10:00

Ich habe auch die ganze Nacht kein Auge zumachen können. Es tut mir weh, mir das einzugestehen, aber ich bin nach mehreren Stunden des Grübelns zum gleichen Schluss gekommen. Ich habe eingesehen, dass wir noch nicht bereit sind, diese Entfernung und unsere Exklusivität zu halten.

Es bricht mir das Herz, das zu sagen, weil ich dich liebe. Aber ich glaube, ich liebe dich, wie man manchmal eine Seele liebt, ohne genau zu wissen, wie oder warum, ich liebe dich in deiner Gesamtheit, für das, was du bist, ganz unabhängig davon, was du mir gibst oder nicht gibst. Und ich wünsche mir, dass du, in welcher Form auch immer, immer ein Teil meines Lebens bleibst.

Deshalb denke ich, wie du, dass wir uns unsere Freiheit zurückgeben müssen, um unsere Liebe rein zu halten. Nur eine Angst quält mich.

Welche?

Ich möchte nicht, dass du dein Herz an jemand anderen verlierst.

10:11

Hör zu, ich bin ans andere Ende der Welt gereist, und ich weiß, dass die Entfernung alles kompliziert macht, aber an meiner Liebe zu dir hat sie nichts geändert. Ich liebe dich wie am ersten Tag. Meine wilde Blume. Nach all diesen gescheiterten Versuchen, für etwas geliebt zu werden, das ich nicht bin, kommst du, nimmst mich an der Hand und willst meine verschwommene Vergangenheit ebenso wie meine unklare Zukunft. Du hast all meine Zweifel mit einem Lächeln vertrieben.

Du bist eine sanfte, beruhigende, seltene Sonne, und du bringst mich zum Erröten. Dank dir habe ich gelernt, dass die Liebe nicht immer mit Schmerz verbunden ist … Du verzauberst mich. Geh nicht zu weit weg, ich will nichts anderes mehr auf dem Herzen haben als das Gewicht deines Körpers, der mich liebt.

Mein Herz wird nirgendwo hingehen. Es wird immer dir gehören. Das verspreche ich dir. Erlauben wir uns ein paar Affären ohne Gefühle.

Lass uns versuchen, unsere Gespräche über offene Beziehungen in die Praxis umzusetzen. Und unseren Idealen gerecht zu werden. Unsere Liebe bewahren, nie vergessen, dass »wir« etwas Besonderes sind. Geben wir uns diese Zeit.

Wir werden unsere Unabhängigkeit zurückerlangen. Wir müssen lernen, uns selbst zu genügen, bis wir uns wiedersehen.

Wir haben keine andere Wahl, wir müssen stark sein.

Ich habe meine Zeit ohne dich damit verbracht, nach einem Ersatz für dich Ausschau zu halten. Jetzt wo du da bist … Habe ich nichts mehr zu suchen.

Mir ist gerade eine Träne übers Gesicht gelaufen. Ich liebe dich.

Ich liebe dich. Sei tapfer.

9. August

10. August

01:40

Ich bekomme kein Auge zu …
Schläfst du?

04:05

Ich komm gerade erst nach
Hause, ich hatte deine Nachricht
nicht gesehen.

11. August

12. August

20:26

Die Abwesenheit deiner Anwesenheit oder die Anwesenheit deiner Abwesenheit, wie auch immer du es nennen willst, es ist immer dasselbe. Es ist das Aufstehen ohne dich, die Mahlzeiten, die ich für zwei koche und alleine esse, die einsamen Duschen, die kalten Nächte. Ich habe das Gefühl, du bist überall. Schon ein paar Schritte oder das Rascheln einer Jacke erinnern mich an dich. Wir sind symbiotisch. Ich werde nicht in der Vergangenheit schreiben, denn für mich ist nichts vergangen, nichts vorbei, das alles ist nur vorübergehend, so wie es das schon seit einigen Monaten ist.

Du fehlst mir, deine Haut fehlt mir, deine Haare, deine braunen Locken, die du um deinen Finger wickelst, wenn du gestresst bist. Alles ist anders ohne dich. Ich rede mir ein, dass wir die richtige Entscheidung getroffen haben, aber es fällt mir so schwer. Du bist mir der liebste Mensch, weißt du.

13. August

9:05

Ich weiß, dass das alles sehr schwierig ist, aber wir sollten versuchen, glücklich darüber zu sein, diesen neuen Schritt für unsere Liebe gewagt zu haben. Du hast mir beigebracht, mich über alles Unvorhergesehene zu freuen, »ja« zu sagen, wild zu werden vor Lust, hungrig auf das Leben, mich kopfüber ins Unbekannte zu stürzen, mich grenzenlos zu freuen und das Leben, das freie, das wilde, zu feiern. All das hast du mir beigebracht. Deshalb werden wir das schaffen. Außerdem kommst du mich ja am 26. Oktober besuchen. Diesen Moment wird uns keiner nehmen können. Er wird ganz uns gehören.

Auch wenn es schwer ist, mag ich das Risiko, dich zu lieben, ich mag die Angst, jedes »Auf Wiedersehen« könnte das letzte sein. Ich habe ausnahmsweise das Gefühl, nichts zu kontrollieren. Dieses Datum schwirrt permanent durch meinen Kopf: der 26. Oktober. Es ist von jetzt an das einzig Bedeutende.

Und ich bin sicher, es wird schneller eintreffen, als wir denken.

14. August

04:00

Du wirst dich in niemand anderen verlieben, versprochen?

Vertrauen wir uns, Liebling.

12:02

Versprechen wir uns, dass wir alles abbrechen, sobald wir das Gefühl haben, wir könnten uns verlieben.

Versprochen.

15. August

11:07

Ich fahre für ein paar Tage ans Meer, um auf andere Gedanken zu kommen. Ich habe beschlossen, mein Telefon ein bisschen beiseite zu legen, um es zu genießen und zu mir zu kommen. Ich brauch das jetzt.

Gut, dass du das machst. Schreibst du mir trotzdem ab und zu?

Ich versuche es. 🌹

16. August

17. August

23:02

Ich hoffe, dass dir dein Ausflug am Meer und die Abgeschiedenheit guttun. Hier ist es schon spät, ich bin eben nach Hause gekommen, liege auf meinem Bett und denke an dich.

Wie du mit allen Leuten sprichst, wie du dich begeistern kannst, wie du spielst wie ein Kind, das ist etwas ganz Besonderes. Die Welt sollte voll von Menschen wie dir sein, es würde ihr besser gehen.

18. August

12:10

Ein salziger Gruß.

19. August

20. August

21. August

22. August

19:23

Ich bin wieder da. Diese paar Tage haben mir wirklich gutgetan.

Umso besser, ich freue mich für dich.

Unsere letzten Gespräche kommen mir jetzt weniger angsteinflößend vor.

Liebe sollte niemals mit Angst verbunden sein.

Ich mache mir nicht einmal mehr Sorgen. Du kannst um die Welt reisen, treffen, wen du willst, tun, was du möchtest. Ich werde immer dafür sorgen, dass du dich in meinen Armen zu Hause fühlst.

23. August

24. August

25. August

20:37

Sollen wir uns von unseren Affären erzählen?

Nein, ich denke nicht. Ich will zumindest nichts darüber wissen.

In Ordnung.

Allein schon, dass du fragst, dreht mir den Magen um.

Ich will nur versuchen, klare Regeln aufzustellen.

26. August

27. August

01:36

Und jede Nacht, mit jedem Seufzen, sind es Erinnerungen an deine Hände, die meine Gedanken kreuzen.

28. August

29. August

30. August

1. September

20:31

Ich berausche mich an den Geräuschen, die du machst, an der Stille, die du verbreitest, an deinem ratlosen Seufzen. Ich stopfe mich voll mit dir: deinem Lächeln, deinen Blicken, deinem Gesicht. Ich überfüttere meinen Geist mit den Erinnerungen, die du mir gelassen hast, den Akzenten, die du mir aufdrängst, den Worten, die in meinen Ohren noch nachhallen und die meine Seele wie Ohrfeigen treffen. Du wirst zurückkommen, da bin ich mir sicher. Weil du mir fehlst, weil man sich am Ende immer vergisst, weil man aus dem Leben des anderen verschwindet, sich mit den Dingen arrangiert, stur ist, wegfliegt! Weißt du, ich habe nicht aufgegeben – das mit uns beiden ist noch nicht vorbei! Ich habe dir so viele Briefe geschrieben, so viele Zeilen aneinandergereiht, dass ich nicht mehr wusste, wohin mit den Kommas, nicht mehr atmen konnte … Sag, werden wir uns erholen?

Du hast alles gesprengt, die Grenzen, die Mauern und all das, was ich so sorgfältig weggeräumt hatte. Und das ist verwirrend, verunsichernd, auch aufregend. Manchmal fehlst du mir. Fürchterlich, dass es weh tut. Und manchmal verfluche ich dich. Ich bin vielleicht nicht einfach, es ist nicht leicht, mir zu folgen oder mich zu verstehen. Ich weiß nicht genau, wo wir stehen. Ich weiß, dass du mir entsetzlich fehlst, dass ich dich liebe und die Vorstellung nicht ertrage, dass du andere Frauen triffst, mit ihnen schläfst. Ich komme mir dann immer zutiefst dämlich vor, weil ich ja weiß, dass wir diese Entscheidung gemeinsam getroffen haben. Nur schaffe ich es nicht. Und du weißt, wie sehr ich es hasse, mir dumm vorzukommen.

Wir haben dieses Spiel eigentlich ziemlich viel gespielt, diesen schmerzhaften und ein bisschen ungelenken Tanz des Heiß und Kalt. Aber jetzt möchte ich kurz einmal die Waffen niederlegen.

Du kommst am 26. Oktober. Ich möchte, dass wir uns bis dahin nicht mehr schreiben. Damit ich aufhöre, den ganzen Tag auf mein Handy zu starren und darauf zu warten, dass drei kleine Punkte erscheinen, die mir verraten, dass du versuchst, mir zu schreiben, und es nicht schaffst. Ich brauche das, um mich zu sammeln und aufzuhören, mich mit dem Gedanken zu quälen, dass du ganz frei bist. Es verletzt mich zu sehr. Ich komme mit der Vorstellung, dich teilen zu müssen, nicht klar.

Wir sehen uns am 26. Oktober, mein Liebling. Sei mir bis dahin nicht zu untreu und vergiss mich bitte nicht.

Niemand hat dein Lächeln, dieses kleine Grübchen, das ich so sehr liebe. Ich würde dir gerne schreiben: »Komm, lass uns was trinken gehen und vergessen, dass wir uns gelassen haben …« Aber du bist nicht da. Wir sehen uns im Oktober.

Ich liebe (und zerstöre) dich.

6. Kapitel

Meine dunklen Nächte

(zwei Wochen später)

17. September

15:40

Eine schnelle Nachricht, eine kleine Runde in unserem mittlerweile unbesuchten intimen Garten ... Es ist lustig, wie sehr mir die Nachtspaziergänge mit dir und unsere Gespräche, in denen die Zeit keine Rolle spielte, fehlen. Seitdem das Leben wieder seinen normalen Lauf nimmt, und wir nicht mehr miteinander reden, habe ich das Gefühl, dass niemand mehr auf mich wartet, wenn ich abends nach Hause komme. Ich fühle mich fast, als wäre ich bestohlen worden. Als hätte man mir eine Glühbirne rausgedreht. Die hellste, die am meisten Licht in meine dunklen Nächte brachte.

Ich habe deine story* gesehen, und mein Herz hat angefangen, wie wild zu schlagen. Vielleicht ein Zeichen dafür, dass ich dich nicht vergesse.

* Eine story ist eine vergängliche Nachricht, die sich nach 24 Stunden automatisch löscht. Diese Funktion ist in diversen sozialen Netzwerken verfügbar: Facebook, Snapchat und vor allem Instagram.

Bitte antworte nicht auf diese Nachricht.

7. Kapitel

●●●

Als wir frei und schön waren und uns liebten

(ein bisschen mehr als einen Monat später)

26. Oktober

14:10

Ich bin am Flughafen. Ich habe es nicht geschafft, in dieses Flugzeug zu steigen. Es tut mir leid. Mich überkommt heute eine so tiefe Trauer, so viel Liebe, die keine Zeit hatte, gegeben zu werden. Das war's, ich gehe oder besser gesagt ich bleibe. Ich verlasse dich. Ich lass dich nicht fallen, ich geb uns eine Pause, Raum und Zeit, um später vielleicht umso schöner zueinander zurückzufinden.

Ich weiß nicht, wie lange diese Trennung, diese Pause andauern wird, aber ich werde nie ein Fremder für dich sein, so wie du nie eine Fremde für mich sein wirst. Und in gewisser Weise werde ich dich immer lieben.

Ich verlasse dich, aber in meinem Herzen wirst du immer bei mir sein. Die magischsten Momente waren auch die schlimmsten. Ich gehe sie in meinem Kopf immer wieder durch, wie fatale Wendepunkte. Heute scheint es mir so klar, dass ich dabei war, mich in die schönste und quälendste Falle meines Lebens zu begeben. Ich hätte es wissen müssen, hätte es erkennen können, in dem zu klaren Blick, den du auf mich geworfen hast, in deinem Lächeln, zwischen deinen Zeilen, in dem Moment, in dem wir uns zum ersten Mal berührten. Und dann in deinem Stöhnen, wie eine Warnung. Meine Hand war zu kühl und deine zu warm. Alles schrie danach, dass ich leiden würde. Ich habe mir eingeredet, dass ich es schaffen würde, dass diese Sache nicht zu groß für mich sei. Ich hatte nicht mit einem solchen Schmerz gerechnet. Man rechnet nie mit dem Schmerz. Vor allem nicht beim ersten Mal. Jetzt stehe ich im Regen und weiß es.

Ich habe nicht in dieses Flugzeug steigen können, weil ich es nicht ertragen würde, ohne dich nach Hause zu fliegen, uns noch einmal trennen zu müssen. Ich kann mir sehr gut vorstellen, welch ein Glück es gewesen wäre, mit dir Zeit zu verbringen, nur wäre es eins gewesen, das mich im Nachhinein zu viel Kraft gekostet hätte. Ich kann das nicht. So wie ich auch nicht für meine Vorstellungen von Glück und Partnerschaft einstehen kann. Ich wünschte, du würdest nun sagen, du kommst nach Hause, aber ich weiß ja, dass das nicht geht. Ich bin nicht stark genug dafür.

Man muss sich damit abfinden, dass diese gemeinsamen Augenblicke nur einen Tanz lang dauern und der Song vielleicht einfach hier endet. Ich bin aus dem Rhythmus gefallen, außer Atem gekommen, in dieser Beziehung, die nicht mehr im gleichen Takt schlägt, die mich jede Sekunde an die Zeit erinnert, als wir jung und schön waren und uns liebten, als wir bis zum Sonnenaufgang warteten, um nach unseren Liebesnächten einzuschlafen.

Irgendwann werden wir uns ein Leben lang lieben, nur vielleicht nicht in diesem.

27. Oktober

28. Oktober

29. Oktober

30. Oktober

31. Oktober

1. November

2. November

3. November

4. November

5. November

20:59

Wir haben offensichtlich nichts mehr miteinander zu schaffen. Zu schade, wirklich. Ich kann es dir im Grunde noch nicht einmal vorwerfen. Es gibt so viele Gründe, mich zu verachten. Zum Beispiel diese schreckliche Angewohnheit, vor allem flüchten zu wollen. Darauf zu bestehen, dich immer im falschen Moment zu lieben. Ich hätte dir früher schreiben müssen, dir sagen müssen, dass ich nach Hause komme. Ich muss mich wahrscheinlich entschuldigen.

Ich gebe auf. Ich überlasse von nun an alles dem Zufall, den Umständen, den Möglichkeiten, dem Unvorhergesehenen. Der angenehmen Unebenheit unserer Lebenswege. Des meinen, der deinen küsst.

Deine Augen strahlten. Sie verbreiteten einen fragilen Glanz, erzählten vom Abenteuer und von fernen Welten, die zu bereisen ich nicht verdient hatte. Dein roher Glanz, den außer mir keiner zu erkennen schien, verwirrte mich. Unser gemeinsames Schweigen versprach eine Selbstverständlichkeit zwischen uns, die ich getrost mit meinem Lächeln umarmte. Ich habe dich geliebt. Wahnsinnig geliebt.

Und du hast soeben mein Herz gebrochen. Aber ich glaube, das ist dir wahrscheinlich egal.

8. Kapitel

Unser stillschweigender Abschied

(ein Jahr später)

27. Oktober

18:06

Es ist jetzt ein Jahr her. Es macht mich traurig zu denken, dass wir uns nie wieder sehen werden. Ich weiß, dass wir uns stillschweigend verabschiedet haben. Ich denke ab und zu an deine Grübchen und dein Lächeln. Die ganze Welt sollte dein Lächeln kennen, du bist bezaubernd, wenn du lächelst. Ich habe andere Menschen treffen müssen, mich mit anderen Mädchen langweilen müssen, um zu begreifen, was für ein Strahlen in deinem Lächeln lag. Manchmal denke ich an diese Nacht zurück, die sich in ein Wochenende verwandelt hat. Die Sonne ist niemals aufgegangen. Deine Zärtlichkeit hat mich beruhigt, vier Mal, aber irgendwann muss man aufstehen, und ich habe den Klang des Weckers einfach nicht ertragen, alles schien mir so aufdringlich, nach dir, ich hatte das Gefühl, nach deinem Abschied von einer blinden Wut befallen zu sein. Du hattest sie nicht vertrieben, sie fürchtete sich nur vor dir und wartete, bis du weg warst, um nur noch heftiger zuzuschlagen. Ich habe mehrmals gedacht, dass es dir an Mut, an Risikofreudigkeit fehlt, doch heute weiß ich, dass das keinen Sinn macht.

Ich wollte, dass du mir die Sterne vom Himmel holst und habe mich aus Feigheit von ihnen abgewendet. Wenn man ein Kind darum bitten würde, würde es einem ein paar Sterne malen, so hättest du es auch gemacht. Wir hätten uns mit sechs Jahren kennenlernen sollen. Es macht mich traurig, weil eine Reihe von Zufällen dich in mein Leben gebracht hat und ich immer das Gefühl hatte, man stellt mir ein Bein. Ich bin nicht gekommen. Das macht mich nicht traurig, nein, es bringt mich um, weil ich dir nicht einmal gesagt habe, dass ich gerne gekommen wäre. Du hast mich sprachlos gemacht, es war, als würde man mich mit Morphium betäuben. Ich erinnere mich daran, wie die Abendsonne in deinen Augen funkelte, als wir uns zum zweiten Mal an der Seine trafen. Sie sind sicher so schön wie die deiner Mutter, auch wenn ich ihre nie gesehen habe. Diese Begegnung war einfach schön, und einfach schöne Dinge sind selten in meinem Leben. Wahrscheinlich habe ich auch deshalb die Lasche deiner Eis-Tea-Dose aufbewahrt.

Ich werfe dir nichts und mir alles vor. Diese Nachrichten verlangen auch gar keine Antwort, ich glaube, sie sind nur dazu da, mich daran zu erinnern, aufzuhören, die Feigheit zu meinem Lebensmotto zu machen, die Worte in meinem Hals schimmeln zu lassen, nur weil ich Angst davor habe, sie auszusprechen. Ich hätte es wohl riskieren müssen, zu dir zu kommen.

20:30

An manchen Tagen, so wie heute, bedarf es sehr wenig, um mich aus meiner halbwegs zurückerlangten Balance zu bringen und mich an dich zu erinnern, daran, dass du mir fehlst. Also nicht du direkt, denn ich weiß ja gar nicht, wer du heute bist oder was du machst. Aber wir.

Dieses »wir« fehlt mir. Ein Sonntag, ein Sonnenstrahl, ein Eis, eine Radtour, eine Ausstellung, ein Mittagsschlaf, eine gewisse Idee von Glück. Ich habe versucht, dieses Glück mit anderen zu teilen, nur ist es nicht das Gleiche ohne dich.

Seit dir habe ich aufgehört, die Liebe zu lieben.

Erinnerst du dich daran, was wir über die Liebe gedacht haben?

Ja … Ich frage mich auch ehrlich gesagt immer noch, wie wir es so vermasseln konnten.

Genau diese Frage versuche ich mir nicht mehr zu stellen.

Ich erinnere mich lieber an unser erstes Rendezvous. Ich erinnere mich bis heute an alles, jeden einzelnen Moment. Vom banalsten bis zum speziellsten Abend, und Gott weiß, dass die Spezialität unser Motto war. Daran, wie du morgens zu mir kamst, um mich mit Croissants und Pains au chocolat zu wecken, an die Filme, die wir nie zu Ende geschaut haben, an all deine kleinen Gesten, die nur dazu da waren, mich zum Lachen zu bringen. An das erste Mal, als ich bei dir geschlafen habe, an unsere Kissenschlacht am Morgen, an deinen letzten Besuch und wie wir im Restaurant alle Desserts auf der Karte bestellt haben. Ich war nie so sehr Kind wie mit dir. Das war schön, das ist es noch immer und wird es immer bleiben.

Diese Leichtigkeit, diese Freiheit, der Glaube daran, dass nichts unmöglich ist, wenn wir zusammen sind. Ich weiß nicht, wer außer dir sich so darüber hätte amüsieren können, ein Petit Prince Puzzle für Fünf- bis Zehnjährige zu bekommen. Ich frage mich, für wen sonst ich so absurde, aber uns so ähnliche Dinge getan hätte. Es ist vielleicht dumm. Aber ich glaube, ich hätte die unsinnigsten und verrücktesten Dinge tun können, nur damit du dich freust. Es war poetisch, manchmal übertrieben, manchmal irrational, aber es war der beste Grund, etwas zu tun, den ich je gehabt habe, und dafür danke ich dir. Ob nun zusammen oder getrennt, wir haben es vielleicht nicht immer ausgesprochen, aber ich weiß, dass wir uns immer wichtig waren, deshalb ist unsere Beziehung am Ende wunderschön, wie sie ist. Ich werde immer bei dir sein. Dinge verändern sich, Beziehungen auch, aber du weißt, dass wir über dem stehen. Du fehlst mir jeden Tag und meine Gedanken sind immer bei dir.

•••

Du warst der Tsunami meines Lebens.

23:16

Sollte je der Abend kommen, an dem du den dringenden Wunsch verspürst, in meinen Armen einzuschlafen, dann kannst du mir schreiben.

28. Oktober

29. Oktober

30. Oktober

31. Oktober

1. November

2. November

3. November

4. November

5. November

6. November

7. November

8. November

9. November

21:42

»Heute kam kein Brief, aber ich habe keine Angst, bitte Milena mißverstehe mich nicht, ich habe niemals Angst um Dich; sieht es einmal so aus, und es sieht ja oft so aus, so ist es nur eine Schwäche, eine Laune des Herzens, das trotzdem genau weiß, wofür es schlägt, auch Riesen haben Schwächen, selbst Herakles hatte, glaube ich, einmal eine Ohnmacht. Aber ich kann mit zusammengebissenen Zähnen und gegenüber Deinen Augen, die ich selbst am hellen Tage sehe, alles ertragen: Ferne, Bangigkeit Sorge, Brieflosigkeit.« Ich denke an dich, während ich Kafka lese.

Du gehst mir auf die Nerven.

Warum?

Weil du nach was weiß ich wie vielen Tagen des Schweigens plötzlich mit deinem perfekten Kafka-Zitat daherkommst. Und ich nicht anders kann, als dir zu antworten.

Das ist doch ein gutes Zeichen.

10. November

11. November

12. November

13. November

14. November

15. November

16. November

17. November

18. November

19. November

20. November

21. November

22. November

23. November

24. November

03:05

Erinnerst du dich an den Tag, als ich so betrunken war, dass ich jemanden auf der Straße angepöbelt habe und du mich auf deinem Rücken nach Hause tragen musstest? Ich bin gerade in einem ähnlichen Zustand und musste daran denken und sehr darüber lachen.

09:02

Ich habe mich damals wirklich gefragt, was ich bloß mit dir machen soll.

9. Kapitel

In der kleinen entlegenen Ecke

(sieben Monate später)

6. Juni

18:00

Ich habe überall gesucht. Andauernd. Deine Augen, deinen Mund, deine Wärme. Wie du dir immer in die Innenseite deiner Wange gebissen hast, wenn du verlegen warst. Deine Hände, die mich an eine bessere Welt glauben ließen und mir zugleich einen Orgasmus geben konnten. Unsere Gespräche, mittags, mitternachts, ein Leben lang. Dein Körper, wie er auf meinem tanzte. Diese Scham, die du zu überwinden gelernt hattest, unsere Seelen, die erschöpft, aber glücklich unter der Bettdecke lagen. Dieser hungrige Blick, mit dem du mich jeden Abend, jeden Morgen, in jedem Moment, der uns gehörte, ansahst. Ich habe gesucht, verdammt, wenn du wüsstest, wie sehr ich gehofft habe, dass ich deinen wilden Strähnen noch einmal begegnen würde, wie sehr ich mir gewünscht habe, dass wir uns noch einmal streiten. Ich kann die Welt noch so sehr absuchen nach dem Ort, an dem ich endlich neu anfangen könnte, ich will einfach nur mit dir sein. Mir wird heute erst wirklich klar, dass das Leben ohne deine zwei kleinen Muttermale einfach beschissen ist.

Wir sind zwei Unzertrennliche. Weißt du, diese Vögel, die ohne den anderen nicht überleben. Seitdem wir uns kennengelernt haben, haben wir uns immer wieder getrennt und wieder zueinander zurückgefunden. Ich würde gerne für immer zu dir zurückfinden.

»Es ist dein Traum, ich lasse dich gehen, weil ich dich liebe.« Seit zwei Jahren hallen diese Worte, die du mir vor meinem Abflug geschrieben hast, in mir nach. Alles, was ich heute erlebe, verdanke ich dir, aber du fehlst mir so sehr. Du bist es, du wirst es immer sein, und das ist schwer. Schwer, dass du weit weg bist. Schwer, dich mit einer Anderen zu sehen. Bitte befiehl mir, nicht zurückzukommen, denn ich bin kurz davor, alles aufzugeben.

Sag mir, dass du mich hasst, dass du mich nicht mehr sehen willst, irgendwas. Verdammt, ich liebe dich immer noch. Ich liebe dich … seitdem ich dich zum ersten Mal gesehen habe. Das Leben verhindert, dass wir zusammen sind, und es tut so weh. Ich habe mit dir zu leben gelernt, und ich brauche dich. Trotzdem können wir das, was wir uns versprochen haben, nicht ausleben, weil wir dumm sind, debil.

Es ist zu schwer für mich.
Ich schaffe es einfach nicht, mit dieser Geschichte abzuschließen, aber es muss sein. Ich kann dich nicht lieben, deshalb bitte ich dich, lösch all unsere Erinnerungen, unser gemeinsames Leben und versuch, in meinem nicht aufzutauchen. Ich bitte dich, hilf mir, ich schaffe es nicht.

19:30

Was, wenn ich es auch nicht schaffe?

7. Juni

22:42

Rendezvous in unserer entlegenen kleinen Ecke.

Die Revolution der Liebe

Am 17. Juli 2018 habe ich die »einsamen Liebenden« gefragt, was die Revolution der Liebe für sie bedeutet. Hier eine Auswahl:

- Es bedeutet, zu seinen Gefühlen und Emotionen zu stehen, dem anderen Wohlwollen und Verständnis entgegenzubringen. Es beutetet auch, sich selbst zu lieben. Sich selbst lieben, um den anderen besser lieben zu können.
- Es bedeutet, nicht mehr nach Gründen für die Liebe zu suchen, einfach zu lieben, wirklich zu lieben.
- Es bedeutet, seine Zigarette vor und nicht nach dem Sex zu rauchen.
- Es bedeutet, zu akzeptieren, dass jemand unseren sorgfältig vorgezeichneten Lebensplan durcheinanderbringt.
- Es bedeutet, sich zu erlauben, den anderen ganz zu lieben. Nicht als Trophäe oder als Mittel gegen Einsamkeit. In unserer selbstbezogenen Welt, in der wir immer versuchen, uns durch die Augen des Anderen zu sehen, anstatt ihn oder sie zu sehen, ist diese Revolution entscheidend und bereichernd.
- Es bedeutet, zwei Männer auf einmal zu lieben und damit glücklich zu sein.

- Es beutetet, anzunehmen, was man uns gibt, und zu geben, was man geben kann. Es bedeutet, zu kommunizieren. Es bedeutet, sich überwältigen zu lassen und den anderen zu überwältigen.
- Es bedeutet, sich von den Codes der Gesellschaft zu befreien. Die Menschheit braucht nur zwei Dinge: Zu lieben und frei geliebt zu werden.
- Es bedeutet, mit Dogmen zu brechen und auf die Regeln des Anstands zu pfeifen. Es bedeutet, rückhaltlos zu lieben, ohne Scheu, ohne Angst. Es bedeutet, man selbst zu sein.
- Es bedeutet, sich von all dem zu befreien, was man seit seiner Kindheit über die Liebe gehört hat, und seine eigene Form der Liebe zu finden. Es bedeutet, sich von diesem Wunsch zu befreien, eine Person und ihre Gefühle ganz zu besitzen.
- Es ist, wenn ein kleiner Junge gelernt hat, seiner Mutter vor all seinen Freunden »ich liebe dich« zu sagen.
- Es bedeutet, das Risiko einzugehen, auf eine Person zu treffen, die kein Partisan der Liebe ist, und sie auf seine Seite zu ziehen.
- Es bedeutet, keine Angst mehr zu haben, sich in der Menge frei zu bewegen. Durch die Massen hindurchzuschreiten, so siegessicher wie eine Marianne, das ist, wie allen, die ich liebe, zu sagen: Jetzt bin ich dein, von meinen Fesseln befreit.

Als große Liebhaberin der Liebe wollte ich mit der Gründung meines Instagram Accounts, »Amours Solitaires«, all die wunderbaren Worte der Liebe an einem Ort versammeln. Es sollte ein digitaler Treffpunkt sein, an dem die einst bedeutenden Worte für immer aufbewahrt und erinnert werden könnten. Ich wollte zeigen, dass Sensibilität keine Schwäche ist und dass das Mitteilen von Gefühlen zum Menschsein gehört.

Mit der Zeit konnte ich beobachten, wie, Nachricht für Nachricht, eine wahre Gemeinschaft entstand. Eine, die wuchs, die ihre Leidenschaft für die Liebe und für die französische Sprache teilte und diesen Account wie eine Befreiung empfand.

Wir sind inzwischen so zahlreich, dass ich davon überzeugt bin, dass es Zeit wird, unsere Grenzen zu sprengen und eine Revolution der Liebe zu starten. Eine Revolution, die das Kommunizieren von Gefühlen als Notwendigkeit betrachtet. Eine, die weiß, dass es nicht nur eine Art gibt, die Liebe auszudrücken, ebenso wie es nicht nur die eine Liebe gibt und der Ausdruck dieser vielfachen Lieben nicht einem Geschlecht vorbehalten ist.

Sich für eine neue Legitimität der Liebe einsetzen

Das Gefühl selbst ist schon seit zu vielen Jahren in Verruf geraten. Man verachtet es, schiebt es beiseite, macht sich darüber lustig, weil man es zu kitschig findet, zu vergänglich, zu altmodisch. Ich habe im Vorwort das Sprichwort »Willst du gelten, mach dich selten« erwähnt. Diese Redewendung besagt, dass man auf andere umso anziehender wirkt, wenn man nicht ständig zur Verfügung steht.

Indem es die Gleichgültigkeit zu einer Tugend erhebt, die es anzustreben gilt, verwandelt dieses Sprichwort die Sensibilität, die Gefühle und Emotionen in vermeintliche Schwächen. So als ob man jemanden ignorieren müsste, um ihm zu gefallen. Dabei wünschen wir uns doch im Grunde alle das Gleiche: Uns zu verlieben und von jemandem geliebt zu werden.

Hören wir auf mit diesen Spielchen.

Wenn wir lieben, sollten wir es sagen, wenn wir begehren, sollten wir es zeigen. Es gibt so viele Möglichkeiten, die Liebe und ihre Nuancen auszudrücken, dass es sehr schade wäre, immer in Ablehnung der Liebe zu lieben.

Es wird Zeit, die Liebe, das Gefühl von all den Vorurteilen, die auf ihr lasten, zu befreien. Zeit, Sensibilität, Emotionen, Gefühle als Stärken und nicht als Schwächen anzuerkennen und eine humanere Gesellschaft zu schaffen, die auf den Prinzipien der Gerechtigkeit, der Empathie und des Wohlwollens fußt.

Offene Worte sprechen

Das alles wird nicht möglich sein, solange wir nicht offen sprechen, die richtigen Worte verwenden. »Positive« Worte, die der Gefühle, der Emotionen, der Schönheit. Solche, die mal poetisch, mal derb, aber vor allem ehrlich und frei sind. Frei von all dem, was sie eingeengt hat – der Anstand, die Scham, die Angst.

Sagen wir denen, die wir lieben, ganz frei: »Ich liebe dich«, »Ich will dich«, »Du gefällst mir«, »Ich träume jede Nacht von dir«, »Zieh mich aus«, »Heirate mich«, »Schau mich an«, »Komm sofort her«. Haben wir keine Angst mehr davor, die Liebe nicht »gut auszudrücken«. Es gibt so viele Worte für Gefühle, wie es Sekunden in unseren Leben gibt. Und das, ganz gleich welchem Geschlecht man angehört.

Sich für eine Gleichberechtigung im Ausdruck des Intimen einsetzen

Die Geschichte hat uns lange erzählt, die Sensibilität sei eine rein weibliche Eigenschaft. Man war überzeugt davon, dass allein Frauen in der Lage seien, sich von Gefühlen überwältigen zu lassen, aus Liebe zu leiden, melancholisch zu sein. Im Gegenzug stellte man sich das Begehren als männlichen Trieb vor: Es war den Männern vorbehalten, Lust zu empfinden und sie auszudrücken, klare Worte zu benutzen. Dabei stimmt das nicht! Wir sind alle im gleichen Maße zu Gefühlen, Romantik und Erotik fähig.

Auf meinem Instagram Account sind die Nachrichten, die ich veröffentliche, anonym. Man erkennt weder, welchem Geschlecht der Absender angehört, noch, in welcher Beziehung er zum Empfänger steht. Und es kommt übrigens auch nur sehr selten vor, dass man mich fragt, ob der Absender ein Junge oder ein Mädchen ist. Ich habe den Eindruck, dass diese Anonymität uns befreit. Frei, eine Nachricht zur Veröffentlichung zu schicken, darauf zu reagieren, die intimen Gespräche der anderen zu lesen.

Die Toleranz fördern

Mit dieser Befreiung geht ein anderer Kampf einher: Der, sich für alle Formen der Liebe und der Sexualität einzusetzen. Auf »Amours solitaires« sprechen wir über »Sex Friends«, BDMS, über Coming-Outs, Altersunterschiede, Polyamorie und Fernbeziehungen. Dabei gilt, die Toleranz und das Verständnis zu fördern. Lasst uns lieben, wen wir wollen, wo wir wollen, wann wir wollen, wie wir wollen.

Die Liebe hat so viele Gesichter, so viele mögliche Erscheinungsformen, wir sollten uns keiner von ihnen verschließen.

Einen Raum des Wohlwollens schaffen

»Amours Solitaires« ist ein Schutzraum, in dem niemand verurteilt, ignoriert, angegriffen oder geghostet wird. Das Einzige, was wir schaffen, ist Liebe in sehr konzentrierter Form, grenzenloses Wohlwollen, Empathie und Respekt. In den meisten Fällen muss ich nicht einmal mehr eingreifen, wenn ein Neuankömmling eine Nachricht zu hart kommentiert. Die Gemeinschaft erinnert ihn dann von selbst an die Regeln der Toleranz und daran, dass hinter jeder Nachricht jemand steht, der sich dazu bereit erklärt hat, seine Intimität mit uns zu teilen, und unsere größtmögliche Zuneigung und all unser Verständnis verdient.

In diesem Raum des Wohlwollens kann jeder aufgenommen werden, sich ausdrücken und offene, verständnisvolle Ohren finden. Dieses tiefe Verständnis, das dort aufgebracht wird, kann auch irritierend sein. Es kann einem seltsam erscheinen, dass die Geschichten wildfremder Menschen einem so nahegehen, dass man fast meint, man hätte sie selbst erlebt. Denn auch, wenn jedes Gefühl und jede Beziehung einzigartig ist, liegt in den Empfindungen doch auch immer etwas Universelles, sodass man sich in den Worten und Erfahrungen der anderen erkennt.

In diesem Raum stellen wir fest, dass wir nicht mehr allein sind und vor der Einsamkeit keine Angst haben müssen.

Sich selbst lieben

Die Liebe zu revolutionieren bedeutet auch, sich selbst zu lieben, sich selbst zu akzeptieren, zu wachsen. Denn wie sollte man Liebe geben und die des anderen annehmen können, wenn man sich selbst ablehnt?

Revolution

Der südafrikanische Autor Lyall Watson erzählt in seinem Buch *Lifetide* von einem wissenschaftlichen Experiment: Im Jahr 1952 ernährten sich auf der Insel Koshima in Japan ein paar Affen von Süßkartoffeln, die Wissenschaftler im Sand verteilt hatten. Die Affen waren ganz verrückt nach diesem neuen Nahrungsmittel, doch es gab ein Problem: Die Kartoffeln waren voller Sand. Eines Tages fand ein junges Affenweibchen eine Lösung, indem sie die Kartoffel abwusch und schälte, bevor sie sie verzehrte. Plötzlich übernahmen alle jungen Affen der Insel diese Technik, die alten Affen hingegen aßen die Kartoffeln weiterhin, ohne sie zu waschen. Viele Jahre später stellten die Wissenschaftler fest, dass nun alle Affen die Technik übernommen hatten, die Überraschung war: dass auch die der Nachbarinseln es taten! Lyall Watsons Fazit ist die Theorie des hundertsten Affen. Die Zahl hundert markiert darin die Grenze, ab der die Revolution ausbricht: Als der hundertste Affe sich der Gruppe der »Kartoffel-Wäscher« anschloss, übernahm die gesamte Spezies die Methode.

Wer wird in unserem Fall der Hundertste sein? Wenn jeder Einzelne von uns seine Intimität revolutioniert, dann werden wir die Welt eines Tages zum Kippen bringen. Und die Revolution der Liebe erreicht haben.

Danksagung

•••

Ich möchte den 278 Mitwirkenden, die dieses Buch möglich gemacht haben, ganz herzlich danken. Danke, dass ihr mir eure intimsten Schätze anvertraut habt. Danke für eure wunderschöne Prosa, für eure Wortspiele, eure Reime, eure Gedichte, eure Schlagfertigkeit, für eure umwerfenden Liebeserklärungen, für eure Sex-SMS, sie werden den ein oder anderen zum Erröten gebracht haben. Danke für eure Gefühle, die in diesen Nachrichten so gut beschrieben sind. Heute werden sie aus ihrem Zusammenhang gerissen und Teil einer großen Liebesgeschichte.

Ich danke euch für eure Unterstützung, euer Engagement und eure Poesie.

Dieses Buch ist eures.

Zum Schluss ein ganz besonderer Gedanke an die Muse und an die Beraterin dieses Buches, beide tragen emblematische Namen der Liebe: Romeo und Julia.

Elisa Shua Dusapin
Ein Winter in Sokcho
Roman
Aus dem Französischen von Andreas Jandl
144 Seiten. Gebunden
ISBN 978-3-351-05051-1
Auch als E-Book erhältlich

»Ein kleines Meisterwerk.«

Jury Robert Walser Preis

Im eiskalten Sokcho, einem Küstenort kurz vor Nordkorea, begegnen sie sich: die junge Angestellte der Pension und der Künstler aus der Normandie. Während er die Stille von Sokcho zum Zeichnen sucht, möchte sie ihr entfliehen. Mit jedem Gespräch, jedem Spaziergang durch das winterliche Nirgendwo kommen die beiden einander näher. Zwei Gestrandete, die sich nach einem Neuanfang sehnen und ihn jeder auf seine Weise wagen.

»Ein erster Roman von einzigartiger Schönheit.«
Le Figaro Littéraire

»›Ein Winter in Sokcho‹ wärmt einem das Herz.«
Saale Zeitung

Regelmäßige Informationen erhalten Sie über unseren Newsletter. Jetzt anmelden unter: www.aufbau-verlag.de/newsletter

Blumenbar

DER SOMMER MIT PAULINE
IVAN CALBÉRAC
ROMAN